作者簡介

葉曉文（Human Ip），香港作家。曾獲青年文學獎小說公開組冠軍。亦為畫家，繪畫及文字作品散見於報章及雜誌。著有短篇小說集《殺寇》。愛好自然郊野，近年投身自然書寫，出版圖文著作《尋花——香港原生植物手札》、《尋花2——香港原生植物手札》、《尋牠——香港野外動物手札》，亦曾舉辦個人畫展「花未眠」、「城市森林中的花與牠」及「在山上：筆記香港動植物」。現為尋花工作室 FloreScence 主理人；亦跟機構及學校合作，舉辦如講座、野外導賞、創作坊等活動。

隱山之人

短篇小說集

葉曉文 繪著

IN SITU

A Short Story Collection

原生書寫物種 *In situ*

嚴格來説，曉文不是生態作家，她肯定是原生書寫物種。借歷史人物、漫畫行業沒落、野外滅絕物種、生態破壞等事實指涉，敲問：人性扭曲，以滅絕他者為快，生存的意義到底是什麼。如果沒有像葉曉文有時植物般靜謐微緩，有時猛野獸般暴猛腥紅的繪筆與文采，我們哪知道，隱藏在香港不同郊野的生物，如何為我們的自然環境保留珍貴而美麗的原色。她要給我們認知到我們是如何為了所有發展的方便，生態環境面臨全球暖化的災害，生物失喪生存條件，不斷移居殺入他人的居所，外來種倒過來成為權力的中心，把原生種排擠，連如何絕種為何絕種也無所發現。

動植物書寫我喜歡馬萊 Eugène N. Marais 的〈白蟻之魂〉。書中用第二人稱使讀者與生態沒有了距離。作者的視角因對話體而變得親和，一般人對白蟻的想像，在他筆下顛覆過來。白蟻的組織意志彷彿是靈魂的喚召，我們無從參與而又在其中。〈隱山之人 ***In situ***〉從沒有現身的「你」，像上帝俯視兩個天真的人類，如何無知如塵的走進山林。而祂，那麼關注，那麼了解，卻沒有被煩惱的主角所發現，所認知。

很少跟曉文談關於愛情，我們大部分時間談花草，一旦遇上小生物，雀躍著迷，幾乎覺得全世界最美好的事物統在眼前。曾經，兩個大娃兒蹲在石澗旁，細察一條香港瘰螈摟纏在一片長長的石菖蒲葉，艱辛而靈巧地產卵；也曾穿越水漲中的紅樹林，鞠身尋找剛被證實原生種的汀角蟹，卻在泥濘上的秋茄樹洞，跟在牠們所屬的樹根劏房午休的相手蟹打個照面，竊喜，只有一厘米，肢體有橫紋……這時候的曉文專注而婉微。書中有兩篇小說寫愛情，卻又不是以愛情為重點，兩情相悅，似與大自然同一陣線上，要人類逼視自己對大自然傷害、拆毀所承受的惡果。愛情沒有為主人公帶來命運的憧憬，面對現實的苛撻需索，彼此的愉悅壓根兒不能逾越一些沒有明顯揭穿的矛盾。

我們上山的腳步一點也不壯觀，行行走走，見證一場又一場的生生死死，糾結相纏。偶爾目睹一隻蠶蛾的乾屍，談起飛蛾生命的脆弱。「短命是因為羽化後的牠們，口器已經退化，無法進食，唯一的任務就是等待交配。」她經常忽然像男主角那樣，表面平靜的縷述，沒有賣弄專家的口吻，物種的細節，卻出奇的令人驚心動魄。這篇小說的建構真實與虛幻連接，移情疊影，竟不著痕跡細述每個物種的生物性，和林間多樣性的科學事實。它們欣欣向榮，像還作者一個心願。我曾向曉文提過秋蟬，窮其半生把盼望壓抑在污泥中孤零守候，三五年，十年，甚至十七、八年。飛蛾不種不收，不吃不喝，只為金風玉露一相逢，無非為了永續燈火，不致全軍滅絕。

表面上，〈燃水之靈〉裡的燃水之靈以單純的女主角為祭，她被捲入水中混沌的無限。人類無止境的開發，經濟開拓發展，只會粗暴地讓沒有參與的被罪者成為犧牲，大地的流泊湖海似神似妖，祂不是置身事外的，被破壞或被建設，換取壓根兒原本存在的資源。這篇小說寓意深沉迂迴，開首借基督教的贖罪祭為喻，許是為了顛覆我們關於生態破壞與城市建設排斥相抵的單純想像。

整部小說集貫穿著「死亡」的母題：慢慢變得殺人嗜血的不止是戚繼光，也是迎合讀者而失去創作風格的漫畫，還有窗台的小植物，枯死後再生也徹底改變了面相。楚霸王烏江訣別的不止自己和虞姬，還有沒有參與爭奪江山的騅馬。他們與牧羊女之死相同，都是一樣死於天真，而〈隱山之人 *In situ*〉表面上沒有人死亡，底層觸及的，卻是 100% 死亡的物種滅絕，比死還可怕。曉文在敲問，已經掉失了很多，你還要掉丟下去嗎？

吳美筠博士
香港作家、藝評人、文學研究者

為自然謳歌

我住在城市裡，卻時時心繫山上。那天，到訪位於北角的出版社後，我搭了一程車，前往某個山頭走一圈，想拍攝一種以香港命名的蘭科植物。

我戰戰兢兢地走到它們的所在地……事實上，我經常為這些罕見物種擔憂，總覺得今年見得到它們，下年又未必能夠再見。幸好，這些細小珍稀的蘭花依舊隱居在幽暗濕滑的澗邊，寥寥四、五植株，跟兩年前情況一樣，沒有變多，也沒有減少；不同的是，它們跟其他山中植物相似，因為氣候變暖而提早開花了。

自二〇一四年出版《尋花——香港原生植物手札》以來，我與大自然的關係愈趨密切，每星期約有兩、三天窩在山中，而「我在山上，下山再電聯」竟然變成一句經常掛在口邊的電話內容。開始撰寫以香港原生植物為主角的《尋花》後，我愛上自然的質樸，漸漸遠離各種「人工」的東西，頻繁地走到野外，渴望真真正正與這片大地連結。我特別喜歡 *in situ* 這個詞，這是一個拉丁文片語，指「在原本位置」；進行 *in situ* 在地研究，人們便能發現研究對象如何在同一片土地世世代代地，與環境及附近物種產生互相依存的親密關係。

大約兩年多前，我腦海醞釀一個想法——除了創作《尋花》、《尋牠》繪本散文外，也想寫小說，而且目標明確，會是一部針對「香港自然生態」的作品。我累積六、七年的野外經驗，對於日夕相處的大自然固有深刻感受，但除了感受，也有詰問——我城回歸後，大環境出現鉅變，這幾年讀過無數與自然相關的新聞，亦親眼見證不少生態災難……我沒有即時回應，卻逐件逐件把它們默默記在心中；小說創作在敍事方法、情節推進、人物塑造上固然複雜耗時，卻因為篇幅上的延展，給予我深入探討這些問題的機會。

曲水有情，石頭淨潔沉穩；多年前抑鬱受挫，當時確是自然界中那些細小柔微的花朵給予安慰，讓我轉移視線，安頓靈魂，引領我慢慢走過險峻的幽谷。我又能如何報答呢？就寫書吧，起初是一本，漸漸又累積成一系列關於香港自然的作品……

霧是人生中的困難與問題，登山過程霧境迷縱，直至站到山之頂端，雲霞漸散，豁然開朗，感到澄明。兩年過去了，《隱山之人 ***In situ***》完成，我亦確認我初心未變。

葉曉文

目錄

隱山之人

IN SITU

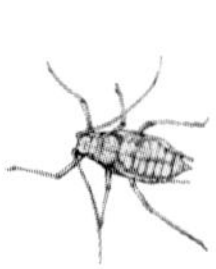

隱山之人

IN SITU

「全球暖化已成為當今生態環境面臨的最大威脅之一，氣溫上升改變降雨模式，導致天氣災害事件頻繁發生，使生物有機體的數量、種間關係、分佈格局發生改變。對植物的影響尤其明顯；現有植物及其系統被迫：i重新適應這種已改變及仍在改變中的環境條件；ii往高海拔及高緯度方向遷移，尋找合適的生存環境；或者iii因遷移的速度趕不上氣候變化的速度而消亡。同時，氣溫升高和降雨模式的改變，使現有植物及其生態系統弱化，導致外來生物大規模入侵，進而排擠和『殺死』當地原生種，減少生物多樣性，影響生態系統的穩定，最終導致嚴重的社會經濟與生態環境問題。」

Katydids
Syzygium aqueum
Commelina diffusa
Commelina communis
Phaius tankervilliae
Spiranthes sinensis
Rhaphidophora hongkongensis
Spilornis cheela
Occidozyga lima

第一章 I

外來入侵種

CHAPTER ONE

INVASIVE SPECIES

鉛筆在手中旋轉多久，仍無法驅去鬱悶。你終於拋下鉛筆、離開放滿研究論文的桌子，推門走出屋外。四月初，上午十一時，天陰雲厚，山間猶有微霧未散。你搔著後頸，伸個大懶腰，聽到自己骨頭「咯咯」響。提著紅色膠水桶走到屋後小水潭打水。腳邊一如既往沾染植物早晨的濕潤。每走一步，草間都有青翠色的螽斯跳彈而出。

今年雨水反常地多，連日天降暴雨，溪澗水量比兩星期前多出好幾倍。把水桶打滿了，沉重地放在身邊，你彎身掬水洗臉；水珠撲吻臉上，凝於鼻端，你哆嗦著，感受到初春野水的清冷。

雜沓聲音忽然在身後五米的灌木叢響起，你警戒轉身，幾乎與陌生的身影一同彈起！

眼前這廿多歲的年輕女子也被嚇退幾步，二人顯然把彼此的相遇當成撞鬼經歷了。你驚訝於這女子竟再一次形隻影單地走上這段不知名路徑。她側著臉細細聲說「早晨」，隨即開步繼續旅程，不欲與山中的陌生異性再有任何眼神接觸。

你卻清楚記得之前曾兩度看見她——那是三月上旬連續兩個週

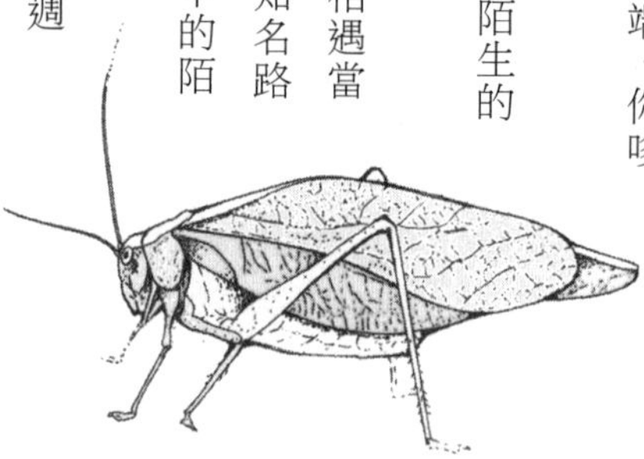

末，當時你只靜默躲於窗後偷看，也刻意不讓她見到，是擔心在深山中唐突地探出頭來，會造成不必要的誤會與驚嚇。

但你這次終於忍不住：「小姐，」從後叫了一聲，問：「妳知不知道獨自走這種山路，有點危險？」

她停下，頸後的馬尾辮子還在晃動，轉身，驚恐神情早已收斂：「我常常自己行這邊，算熟路，OK的。」又急於開步走。「但妳總要帶個人來幫幫妳。山底下是貨櫃場，有很多咬人村狗，貨車也多，進出都是陌生的司機和工人，雜得很。」

「知道的，謝謝你。」她側著稚氣的臉，微微點頭，走了。

兩星期後某個陽光普照的下午，坐在窗邊為雜亂無章的資料數據而煩惱的你，竟又見女孩在屋子附近徘徊，這已是第四次看見她了，但她依然孤身一人走過這間經翻新

Katydids

螽斯

螽斯科　Tettigoniidae

昆蟲綱，直翅目，螽斯科下之品種。多數是植食性。全世界記載的螽斯有超過八千種。體型由小至大，生境多樣，部分具趨光性，主要生活於草叢、灌木叢、低矮的喬木樹冠上。螽斯前足脛節具聽器，雄性前翅具發聲器。螽斯科是根據雄性第十腹節背板的形態、尾鬚的形態、下生殖板的形態與雌性產卵瓣的形態進行分類鑑定。

的單層石屋。她路過窗邊時你忍不住用力「咯咯」敲響玻璃窗，站起來，一邊疊好散落書桌的稿件一邊推開窗問：「我很好奇，妳來這山做什麼的？」

女子感受到你的不友善，受驚似的惶惶捧起掛在頸前的單反相機：「哦……我看些花草，拍拍動植物照片而已……」你手肘支在窗框，上身探出去問：「老實說這裡非常偏僻，妳怎懂走這裡？」

「哦。地圖有路。」她從背包抽出摺得小小的地圖，攤開來，指指上面的「路」，還由窗外遞給你看。你貓似的瞇起眼睛讀圖：地圖上有一段用鉛筆標畫的路線，大概是女子自己設定的行山路徑；當中的確經過一些「路」，但其實只是幾段斑駁而不連貫的不明顯山徑——即由行人沿著雜草叢生的山脊，攀山接澗，自己走出來的所謂「路」。

你回想，自今年初起住進這間經翻新的單層老屋，三個月來，除幾個重裝備的行山者外，路過這屋子的，就只有她了。

你站在窗邊，看見女子走到今年提早開花的水蓮霧樹前，踮起腳，捧起沉重的相機如舉一件武器，單起眼睛說：「難怪有大大棵果樹，不是瘦蜢蜢沒人打理那種。小田裡也有種菜。」快門「咔嚓咔嚓」響，猛攝形態如煙花綻放的蓮霧花朵。

她又蹲在水溝邊拍什麼植物。你好奇於她的好奇，緩緩溜出室外，在她身後繞臂駐足。「這藍花仔好可愛哦，好像叫……節節草。」她說。

你頓了頓，蹲下來，伸手把藍花仔翻來覆去：「這花不是節節草，是同科同屬的鴨跖草。」女孩視線從相機移開，如夢初醒地「哦」一聲：「厲害，你懂得真多哩。」

她輕拍褲管的砂塵，說：「我走了，謝謝你讓我拍照。」表情輕鬆歡快，揮手不帶走雲彩，繼續她那走走停停的攝影旅程。

只有你明白，女子能走到這裡，多麼不容易：她必須先經過山腳底一個龍蛇混雜的貨櫃場，往上走二十分鐘的水泥小斜坡，從

水蓮霧

Syzygium aqueum

桃金娘科　Myrtaceae

桃金娘科蒲桃屬植物，熱帶水果。水邊小喬木。樹皮光滑，分枝和嫩枝較多，枝條外伸開展，綠葉生長旺盛，葉片單葉對生，呈薄革質。聚傘花序頂生或腋生，乳白色花。漿果呈陀螺狀，直徑三厘米，每年可開花結果一至二次，味甜多汁。

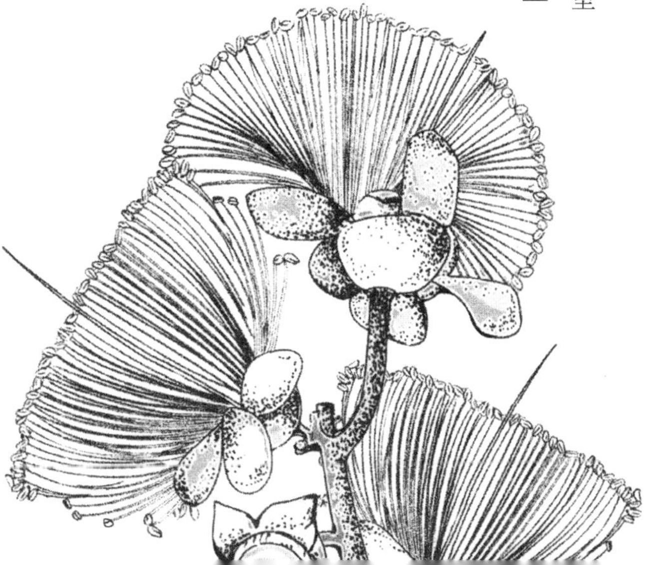

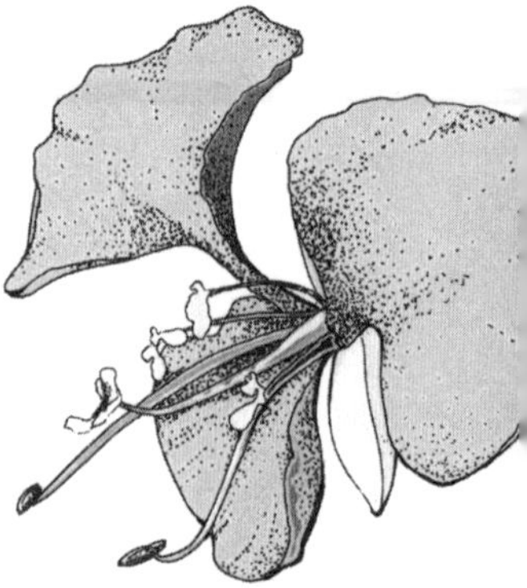

Commelina diffusa

節節草

鴨跖草科

Commelinaceae

鴨跖草屬下的草本植物。分佈於亞熱帶及熱帶地區。常生於溪邊、林中、灌叢中和潮濕的曠野。總苞片披針形，無毛或被短硬毛。花瓣藍色。

引水道轉入某個分岔小路，途經一大堆山墳和金塔，才正式進入那段不明顯路徑的起點。所謂「不明顯路徑」就是那些沒什麼引路絲帶、似路非路的曖昧路段，踏進去了，前方的路將愈走愈斜，走著走著甚至變成沒路……硬著頭皮闖過樹林吧，半小時後要沿澗上溯，不久更會走到一道需要手腳並爬的大石壁。因地形關係，此大石壁一帶區域經常聚集蒼茫的濃霧，彷彿以山為結界，一上山天氣驟變。尋常人十居其九會打道回府，但她確實來了，還不止一遍，這代表她擁有良好的山藝技術，能依循正確的方向，在迷茫的密林、陡坡、溪澗繼續前進兩三小時，最終路過石屋門口，風一樣掠過你眼前。

你目送年輕女子遠去變成一個點。轉身回望她走來的路——一股涼風自林徑上湧，讓濃密樹冠發出「沙沙」如毒蛇吐舌的聲音。據你師父所描述，這裡數十年前曾是郊遊徑，直至某年在半年內接連發生兩椿劫殺案，迅速變成渺無人煙的死域。植物飛快繁衍，當年的樹木早已成林，一年生草本生了又死、死了又生，山蕨經歷幾多世代交替早已無法計算。

在另一個週末的中午，巨大的炸裂聲響震動室內！把午睡的你驚醒！未及定神過來，眼邊又閃現一串白光緊接雷聲「轟隆」大作。你慌亂間站起，置放床邊的一堆生態學術期刊通通跌在地板上；狂風把窗子吹得「呼嘭」亂響，廚房窗邊一列盆栽早被掃跌，散落一地棕色泥土。

大門變得非常沉重，甫一推開旋風即湧進來颳亂你的

Commelina communis

鴨跖草

鴨跖草科
Commelinaceae

鴨跖草屬草本植物。模式標本採自北美，常見於路邊陰涼處，總苞片近心形，花藍色。中文文獻中最早見於唐代陳藏器所著《本草拾遺》，在中國古代本草著作中常與本科其他植物混淆。鴨跖草外形與同屬的節節草相似，但總苞片形狀不同，蒴果室數亦有別，鴨跖草二室，節節草則為三室。

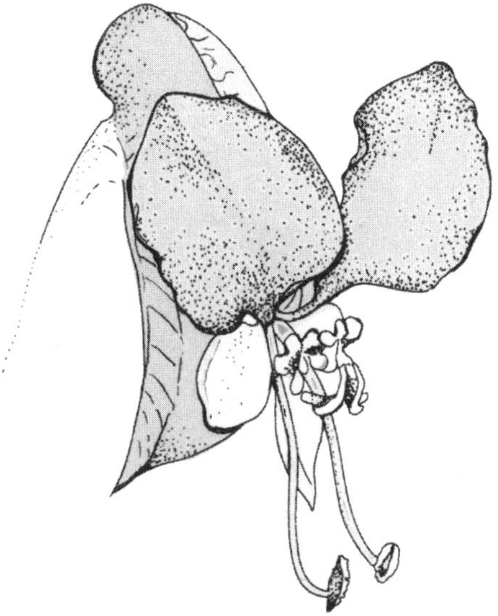

頭髮！走出屋外，暴風雨層層降下如半透明簾幕，水點於暴風下橫飛變成利針，打在皮膚表面竟覺得刺痛！你雙手抱起晾曬於後院的床單匆匆回到室內時，身上衣褲已能扭出水來。

用手機上網。信號接收卻奇差，有時收到一格，但更多時候顯示「沒有信號」。天文台apps雷達上紅紅黃黃的光斑飛快挪移，想必是場持久暴雨。下午二時，天色卻猶如入黑前之幽暗，窗外密集的閃電與雷轟令人戰慄。

起初你以為自己眼花。透過玻璃窗望向外面，在白茫茫的傾斜雨幕中，竟有個人影疑幻似真地自遠飄近！揉眼，確認有人正狼狽地走向此房子！

你衝到門前急於讓那女子進屋躲避。

她脫下沾滿污泥的鞋，卸下粉紅色背包如卸下一擔沉重石頭。間歇的電光映照她失魂蒼白的臉。你冒雨走出室外，重新倒一小桶乾淨清水打算給女子洗手洗臉。回來時見她仍呆呆立在屋中央，像具雕塑。

「怎麼不坐下？」你為她拉了一張椅子。

衣髮盡濕的女子微微搖頭：「對不起我好污穢，身上都是泥。」

你彎身濕了毛巾，拉著年輕女子瘦幼的前臂，輕力為她抹去泥巴。污泥拭去後是一個個擦傷的鮮紅傷口。你先是一呆，接著竟動了真怒：「颱線過境，這些時速近百公里的陣風沒有把妳拖下山崖，妳應該偷笑。」你用毛巾輕輕印著她掌心的傷口，煩躁地絮絮叨叨：「這種天氣走到那亂石坡，妳如何能爬得上來？」

渾身是傷的她被訓得低下頭，細細聲答：「走到半途，無路可退，只能一直向上爬、向上爬。」你幻想：暴風在山邊怒颳，女子幾近被吹下山；當平路變水窪，斜坡變小河，混濁的沙石泥水自山坡滑下，雷電在她頭頂拍攝似的瘋狂閃光，她為了確保自己不向後倒，必須把身體壓得非常非常低，手腳並用地攀那六十度的濕滑坡度。

「已經三、四次了吧，怎麼又要上來？」你問。

女孩沉默不語，掏出相機給你看照片，竟是數株正在抽花苞的綬草和鶴頂蘭。她說：「上星期尋著這幾株花，心急來拍照……今早明明有大藍天的……」

你低頭把沾了泥巴的毛巾擦洗乾淨，扭乾水，重新遞給她：「抹個臉。」她便抹起臉來。你歎口氣：「如果只是看植物，真不用太搏命啊。」

從抽屜拿出名片給她，又說：「看動植物的話，我給妳帶路就好。」

她低頭唸著：「方……宗柏……」又把卡片看個仔細，抬頭說：「哦。你是研究員……」

「妳呢？」

「我叫夏花……」

窗外暴雨不斷，一個大雷猛然落在近方山頭，嚇得她縮起肩膀。你搖頭說：「妳還是暫留這裡吧。天氣太壞，實在無法冒險下山。這裡起碼有避雷設施。」

她頹喪地點頭。

夏花逐一扶正窗邊被風吹倒的小盆栽，把泥土掃回盆內，再用手心輕輕壓好。你繼續坐在桌邊整理生物多樣性研究報告，她好奇地湊近去看，以不可思議的神情看一堆堆學名。你怕她悶，自書架搬出一堆圖鑑讓她消磨時間，她翻了翻卻嘟噥：「照片不夠漂亮。」你微笑了。

你凝望女孩散佈著瘀青割痕的手腳，那些傷口暫以紗布覆蓋仍滲出點點血紅；你愈看愈皺眉，她倒是一副若無其事的淡然樣子。

做晚餐期間你拿出一套乾淨衣服著她換上：「我現在背著身煮麵，

妳換上吧。」蔬菜和麵條在熱湯中轉。你聽到她換衣服時「窸窸窣窣」的微響，惴惴不安地問：「妳需要打電話給父母報平安嗎？」

「不用。」夏花回答。

「不怕他們擔心嗎？」

「我自己一個住。」

她餓得一下子把麵條吃掉，捧著大碗連熱湯也喝光光。用餐後把簡陋睡床讓給女孩子。你把她那邊的光管「啪」一聲關掉，不一會就聽見她睡著了，發出「嚕嚕」的鼻息。

你徑自鋪了薄床墊，躺在地板，如夢似幻地呆望一位穿著你衣裳打呼嚕酣睡的陌生女子。

閉眼睜眼間，天就亮了。

Phaius tankervilliae

鶴頂蘭　蘭科 Orchidaceae

大型地生蘭，可達一百厘米高。假球莖扁球形，有節。葉三至五片。花軸由假球莖抽出，粗壯直立，總狀花序可高達六十至八十厘米，頂端著花四至十朵；萼片與花瓣皆為倒披針形；唇瓣為喇叭形，外白內紫紅，花色柔中帶艷，基部有短距。蒴果具稜。花期春季。

你做了惡夢猛地坐起來！喘著氣，背脊因冷汗濕濡一整片，同時感到清晨的寒氣早已升到耳邊；你下意識地揉眼看看借宿的女子，卻發覺對面的床，竟是空的！

手臂上的毛管全部豎起！你以手掩嘴，腦海浮現電視劇集《聊齋誌異》那些鬼鬼神神的情節。但你畢竟是科學的人，為了探究事實尋求真相，你穿上拖鞋、握拳壯膽，隨即推開大門一個勁兒跑進藍色的晨霧裡，尋找女子的影蹤。

跑了幾步又掩著嘴巴，畏縮退回大樹之後。

你窺見她蹲在水潭旁開始脫衣服。把手伸進沁涼的水裡，像一尾小錦鯉轉了又轉，於水中攪起大大小小的漩渦。她把你的襯衣蟬殼一樣輕輕蛻掉，動作極其細膩緩慢，露出白皙光裸的背、微突的脊骨。美麗腳踝慢慢踩入溪澗中心，小心翼翼站於水中的大石頭上。尚未正式踏入雨季，水淺淺只有膝蓋的深度，城市的她彷彿還不習慣這種低溫，坐下時宛若電影中的慢動作鏡頭。當冰凍感從腳邊滲上腰肢時她微微抖著身子。最後穩當地坐在溪中，掬一掌心潔淨的水，還把它凝視好一會兒，才撲濕胸前。

她濕著頭髮返回屋內時，你及時煮好兩碗麥皮並沖好兩杯咖啡，看似鎮靜地放在桌面。

早餐後，你循例以生態導賞員似的口吻介紹這一帶的各種草花，又把她領到向陽草坡觀察春天盛放的鶴頂蘭與**綬草蘭**。昨天狂風暴雨，今日天朗氣清。綬草蘭擁有獨特的花序排列，貼地的葉子抽出挺直的花葶，開出十數朵以螺旋形態往上生長的桃紅色小

Spiranthes sinensis

綬草蘭

蘭科 Orchidaceae

小型地生蘭。具地下根莖，高十五至三十五厘米，葉線狀披針形。穗狀花序，小花呈螺旋排列；花粉紅色，中萼片與花瓣靠成帽狀，側萼片基部囊狀，唇瓣不裂或三裂，邊緣波狀緣；花粉團兩塊，具黏盤。長橢圓形蒴果被毛。冬季落葉，春季發芽，花期二至五月。

花，外表如迴轉的小天梯。夏花興奮地在粉紅色的花叢中左攝右拍，高地冷風卻令你清醒，不至過分沉溺於原生野花的姿色。

你那麼凝重地說：「這裡珍稀物種之密集，簡直前所未見。」她凝視你，似懂非懂地點頭：「這是秘密異境。這是我城的最後淨土。」

你隨心散步，帶她走向高處的一棵樹，指著樹幹上的攀援植物「獅子尾」。你又把植物掀起一些，展示獅子尾的氣根：「它們有攀援特性，會一邊攀升一邊長出根，牢牢抓住樹幹。但跟寄生植物與腐生植物不同，它自力更生努力上攀，從不吸收樹幹養分。現在它正在開花。」

你們自樹底觀察這種獅子尾，以眼睛追蹤盤繞於巨大樹幹上的植株，看它如何節節攀升，在林木間縱橫交錯地伸展，進取地與其他高大植物爭奪陽光；愈往高處，葉子愈大片，最頂處開出淡黃色的佛焰花序。

你捧著工作報告文件夾，用鉛筆簡單寫下沿途動植物的情況。你寫好後又想拍下照片做紀錄，夏花便把文件夾接過來，並好奇地慢慢翻閱。她凝視工作報告首章上「目

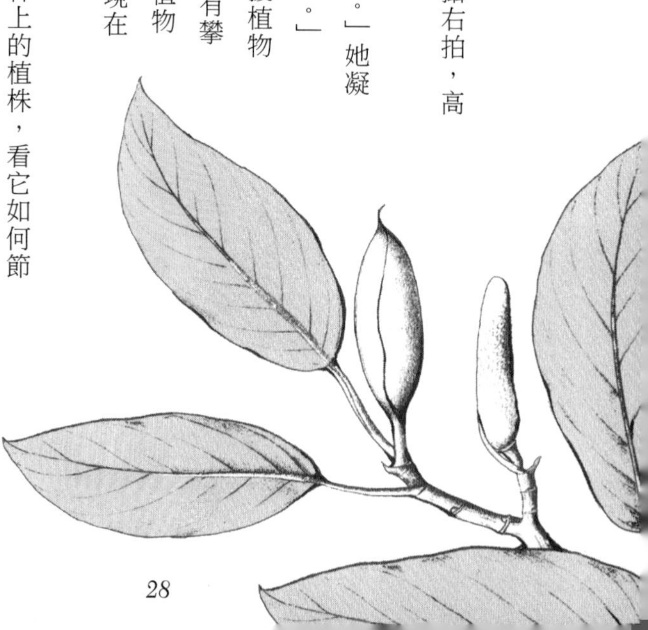

標」其中一項：Conducting i) *in situ* biodiversity survey and monitoring data on habitats and species i.e from field observations or samples; ii) *in situ* data analysis for long-term ecosystem research.（i 進行原地生物多樣性普查，並透過實地觀察或樣本搜集棲息地及物種數據；ii 為長期生態系統研究進行原地數據分析。）

她哼歌似的輕輕唸著：「*In situ*……」

你解釋，*in situ* 是一個拉丁文片語。*In situ* 與 *ex situ* 相對，*in situ* 指「在原本的位置」，*ex situ* 指「在原本位置以外的位置」。惟有「*in situ* 在地研究」，你才能發現研究對象如何在同一片土地世世代代地、與環境及附近物種產生互相依存的關係。

而針對物種保育來說，主要有「原地保育（*in situ* conservation）」及「移地保育（*ex situ* conservation）」兩種取態。「移地保育」多指瀕臨滅絕或需要人為介入保護的動植物

Rhaphidophora hongkongensis

獅子尾

天南星科
Araceae

附生藤本，常攀附於熱帶山谷雨林內的樹幹上或石崖上。莖梢肉質，粗壯，氣生根與葉柄對生；葉片亞革質，常呈鐮狀橢圓形。佛焰苞綠色至淡黃色，卵形，漸尖，長六至九厘米，蕾時席捲，花時脫落，肉穗花序圓柱形，粉綠色或淡黃色。漿果黃綠色。花期四至八月。

品種，它們的原生環境遭受到破壞，需以人為方式遷移至不受威脅的地方進行保育。「原地保育」就是直接在物種身處的地方進行保育工作，除了保育該物種，也保護其棲地、其伴生的動植物以至整個生態系統。

「多美麗，」她瞇眼，溫柔地說：「我好喜歡 *in situ* 這個詞。」

「那麼，你打算在這裡住多久？」她問。

「因為研究得到額外資助，所以能在這裡逗留一段長時間。」

「你怎樣在山中度過漫長日子？太厲害了吧。」

「不是長期做深山大野人。也會下山補給的，還要回研究室做其他工作，跟老闆開會，處理行政事務。剛開始時每星期留一兩日，但住著住著，倒覺得躲在山中，工作專心一點。現在索性多帶物資，把所有可處理的文件帶上山，一次過逗留三四天。」

「你不回家嗎？」她側著頭問。

「家人都在外地。這幾年一直住大學宿舍。」你仰望淡藍色天空，當中有孤獨的蛇鵰繞圈盤旋，發出獨特的嘯叫聲：「住進來剛好三個月了。現在，這片森林、這石屋倒成了我的家。」

我在山中逗留日久，早已不知時日。我是這裡的風、我是這裡的土、我是這裡的一草一木。身為生態學家的年輕的你——宗柏，在數月前某個早晨，背負沉重的生活物資，以苦行僧姿態撥開雲霧，闖進無人森林，擾動了我。你用鑰匙「咔嚓」一聲打開石屋大門，沉靜地站立塵埃厚佈的地板上；陽光透射下，微塵翻飛亂跳，你最後決定放下行裝，在這城最幽深秘密之地進行在地生態普查。你夜以繼日摘錄山中神秘珍稀的品種，朵朵皆是奇花異卉，隻隻猶如山中瑞獸。

這裡位處海拔六百五十米的荒野深山中，屬於澗谷的上游位置，早上時分迷漫濕氣，直至中午才消散；流水長年不斷，樹林鬱鬱蔥蔥，但奇妙的是當中也有開揚位置，讓溪澗旁邊的屋子在午後時分仍能受到幾個小時陽光洗禮。從屋後起

蛇鵰

Spilornis cheela

鷹科 Accipitridae

大型鷹類。頭頂具黑色雜白的圓形羽冠；上體暗褐色，下體土黃色；飛羽暗褐色，羽端具白色羽緣，尾黑色。蛇鵰甚喜盤旋與鳴叫，常捕食蛇類、蜥蜴、小型鳥、鼠類等。

行，穿過密林，十五分鐘即能走出山邊，此時整個山脈的錯落高低，完全一覽無遺；陡峭山崖邊的大岩石疊積起來，也造就另一生境，讓矮身的灌木及草本植物在其間滋長。

你們由開揚山邊返回屋子途中，她忽然停下來，說「聽到聲音」。你也側耳聽，那是「嘎」、「嘎」、「嘎」，類似小鴨的鳴叫聲。你說是這裡常見的尖舌浮蛙，雄蛙咽下有聲囊，在春夏兩季因意欲繁殖而發出愉快的求偶鳴叫。牠們通常住在田邊的水潭，存活於海拔十至六百五十米位置。

她說想看尖舌浮蛙，於是你們在澗邊上上落落尋找，卻始終找不到。正想返回屋子收拾行裝時，她忽然高聲尖叫，原來踩到一隻小生物，正是尖舌浮蛙。她馬上把鞋底移開，只見體長三厘米的綠棕色肥胖身體，左邊身體因受到擠壓而扁陷。

瀕死的尖舌浮蛙吐著牠狹長的舌頭，讓她內疚得幾乎哭起來，卻也無法改變浮蛙即將斷氣的事實。

你蹲在她身邊安慰：「不要緊，下次注意點。」並再次指出屋旁的平地從以前到現在都是田畝和水溝，尖舌浮蛙是此處常見的原生品種，並不珍稀。

夏花把浮蛙的屍體以雙手捧起，說要在樹下埋了，因為覺得：「動物死亡以後埋在土裡最乾淨。曝露在空氣中很可憐。」你雖然覺得可笑，卻也把她領到附近的木蘭樹前，在樹底挖些土，讓她把尖舌浮蛙輕輕埋葬下去。

她鄭重地在蛙身上蓋土時，忽然你又有點感慨。

「我們總是不知不覺地傷害了什麼，又破壞了秩序。也許對於山而言，你和我都是外來入侵種。」你說。

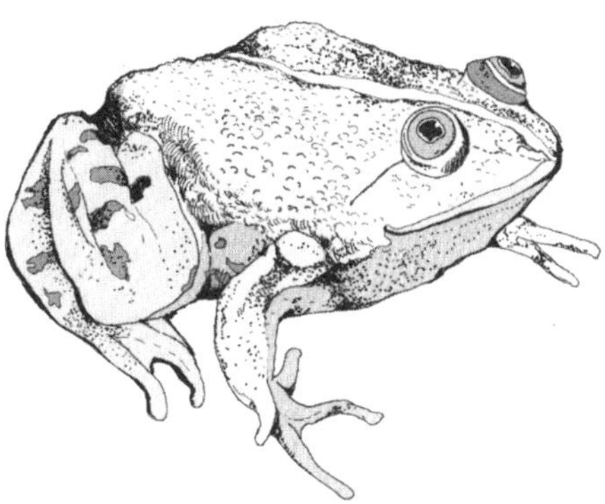

Occidozyga lima

尖舌浮蛙　蛙科 Ranidae

浮蛙屬兩棲動物，又名浮水蛙或稻田蛙。體長約三厘米，背面灰綠色或綠棕色，腹面白色；皮膚不光滑，滿布大小刺粒。適應熱帶氣候，常棲息於水坑或稻田附近，平時常漂浮於水面，遇驚動時即潛入水中。因生境消失，在香港已判定為野外滅絕（Extinct in the Wild, EW）。

Nanhaipotamon hongkongense
Varanus salvator
Plestiodon elegans

II

第二章

斷尾求生

CHAPTER TWO

AUTOTOMY

荒山中，對外通訊信號極其微弱，三個月來你以動植物與文字為伴，一直過著規律簡單的隱居生活，夏花的出現對你而言是極有意思的事情。埋葬蛙子當天下午她回去了，然後一星期後的週末早上竟再度攀山涉水地上來，「咯咯咯咯」，敲響你家大門。你打開門，她說想要拍攝另一些春天花朵和肥胖青蛙，並從背包掏出一台更大更重的相機來。

她表示自己是「攝影師」，經常四出拍攝自然風光，也會把作品拿去不同國家的攝影雜誌投稿，以稿費幫補昂貴的器材支出。她看見你露出無法置信的表情，遂從粉紅色背包抽出一本國內的攝影雜誌，指著裡面一組共八幀照片，說：「這是我的作品。」你接過雜誌定神細看，確認是這間石屋附近的風景和動植物。

你終於相信了，用力點頭：「好。那我們就去找些花和蛙啊。」

她舉起相機，將腳步放輕，變成一束飄落的白色鵝毛，慢慢隨風飄近主體。她拍攝動物時總愛聚焦於正面，尖舌浮蛙的樣子頓時變得滑稽。你的攝影方式則大有不同，著重記錄種種生物特徵：多數是主體整個側面，從上而下的俯視角度，頭部、眼睛及前後肢等局部放大圖；還必定開啟閃光燈，讓細節一目了然，不被陰影所蒙蔽。

流水潺潺，艷橙色的南海溪蟹在小路旁邊「橫行霸道」。夏花走兩步，又蹲下來，五分鐘腳程的路她走三十分鐘，又忽然「哎」了聲：「你看那邊石頭上有好大隻蜥蜴。」

你告訴她是水巨蜥：「但仍是幼蜥，不算大。以大型昆蟲、小獸以及腐肉為食物，對人類沒有攻擊性。」牠顯得靜默而出世，你疑惑說：「或許是放生個體或牠的後代，一般生活在低地，卻不知為何走上高山。」

水巨蜥不斷吐著舌頭，細味環境中人類無法感應的微小變化，解讀空氣粒子裡蘊含的陳雜信息；你覺得牠動靜有異，於是追蹤牠眼睛所凝視的方向，果然看見牠的目標。

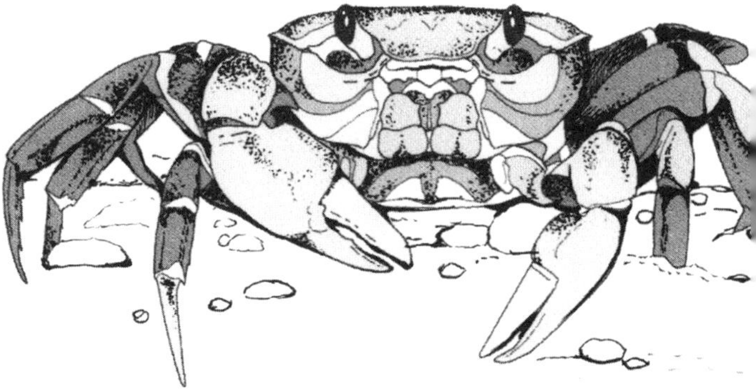

Nanhaipotamon hongkongense

香港南海溪蟹

溪蟹科 Potamidae

香港的特有種，淡水蟹，偏陸棲性，多見於新界以及香港島的次生林。在合適的生境中數量穩定，但仍面對生境消失以及污染的威脅，其次是被不良水族愛好者大量採集，對族群造成壓力。

Varanus salvator

水巨蜥

巨蜥科 Varanidae

身長一般超過一米。全身密被細小鱗片，頭窄長，四肢粗壯。背面為黑色，雜有黃色斑紋。幼體有鮮亮的斑紋。水巨蜥體溫低，代謝也較慢，一天的大多數時間都躺在水邊。野生個體相信已於香港絕跡，現時本地所見應為放生個體。《中國瀕危動物紅皮書》中列為極危／野外絕滅。

你小聲地說水巨蜥的真正目標是旁邊的**藍尾石龍子**：「妳看到嗎？前面藍色尾巴那隻。」午後陽光推開樹冠，照耀某塊大石頭的表面，果然正伏著另一隻享受日照的爬行動物；牠細小美麗，修長的尾巴閃射彩藍光斑。你補充：「牠很年輕，尾巴仍是藍色的。」變溫動物愛在雨後放晴的日子，安靜地吸收日光能量，不像哺乳動物及小鳥總是無故躁動。

牠們永恆不動，或是一觸即發。

兩者體型相距甚大，注定了捕獵與被捕獵的關係。這是一個弱肉強食的世界，沒有對錯，惻隱是多餘的，你們都遵守自然法則，保持冷眼旁觀。你靜默地把相機調成

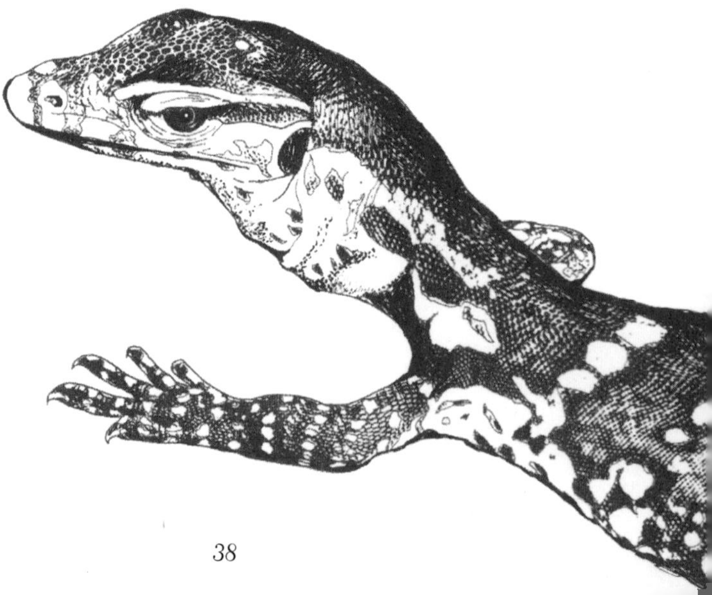

攝錄模式。然後，過了好久好久，一陣春風吹過，樹上黃葉落下發出某種信息，熒幕中藏埋灌木後的水巨蜥忽然向前衝！巨大的嘴巴把石龍子下身咬住！只見受襲者身一扭，隨即跌進草堆中！石龍子明明被咬了，最後卻不知為何成功逃脫！

夏花抱起相機站起來，想讓鏡頭追蹤消失的小身影，但一站起來即驚動對面的巨蜥，捕食者也於瞬間逃遁了。

她緩緩爬到對岸的大石上發呆，又蹲下來凝視什麼。你好奇於她的好奇，也一同走去看，原來是一節斷掉的、短短的藍尾巴，仍不停旋轉跳躍，鮮活地扭來扭去。

「Autotomy，斷尾自割。」你說。

此詞首創自十九世紀末比利時生物學家 Frédéricq，autotomy 的字根為「自

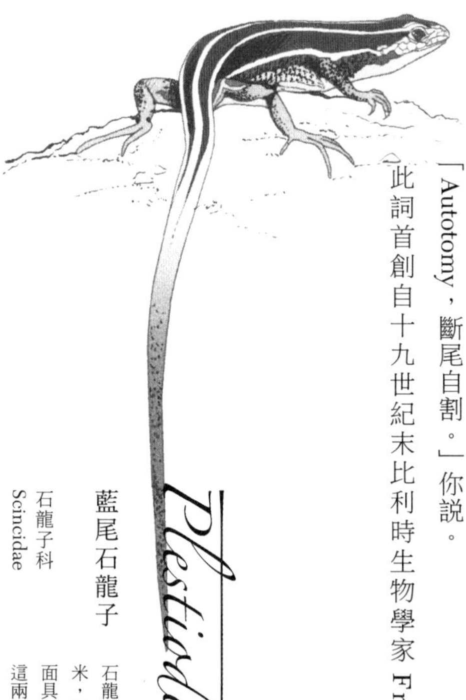

Plestiodon elegans

藍尾石龍子

石龍子科
Scincidae

石龍子科石龍子屬物種。體長可達九厘米，尾長約為體長的一點五倍。幼體背面具五條淺黃色縱紋，尾末端藍色，但這兩個特徵會在幼體成長過程中逐漸消失。成體背部為褐色或灰褐色，體側有紅暗色斑紋，腹部為灰白色。日行性，以昆蟲及小型無脊椎動物為食。常棲息於山區路旁、溪邊的石堆及草叢中。

（autos）」與「割（tomos）」，最初用以描述螃蟹斷肢的情況，後來被廣泛用於動物肢體斷裂的防禦行為。

跟許多蜥蜴相似，藍尾石龍子也具有「斷尾自割」的求生機制。當隱蔽與逃跑策略失敗時，會以「斷尾自割」作為最後防線。受攻擊後，在脊椎骨附近產生一連串肌肉收縮，使尾巴與身體斷裂分離。斷尾之後，蜥蜴一分為二，一部分是剛斷裂的尾巴，另一部分是剛失去尾巴的蜥蜴本體。

石龍子用斷離的尾部迷惑捕食者的視線，以提高成功逃脫的機率，但同時需為此承受多方面的代價，例如斷尾後會減緩生長速度、增加越冬死亡率，也會導致社會地位及交配成功率的降低。

然而，或者到了生死攸關的最後關頭，牠還是會懂得掉下美麗的藍色尾巴，願意割捨身體重要一部份，為求保命。而尾巴雖能重新長出，卻也勢必留下明顯傷疤，無法還原當初完璧。與此同時，藍尾石龍子成長後體色會變成深啡色，牠也終將學會潛隱，把年輕身體的天藍色徹底抹去，自此變得暗淡。

她又蹲下了，輕輕把尾巴用鏡頭抹布包裹起來，你好奇問「那要做什麼」，她幽幽答「想再觀察一下」，小心翼翼地把斷尾捧回屋裡去。

既然帶回去了，你就把斷掉的尾巴放在顯微鏡下。你緩緩降低鏡筒，扭動旋鈕、調節焦距，讓顯微鏡把影像放大，揭示人類肉眼無法注意的細節：一片片綿密對稱的鱗片，在小燈下泛出炫彩。惟有把研究對象鄭重地端上觀察台，依賴工具，虛心地透過目鏡及物鏡放大成像，你們才能進入一個嶄新斑斕的世界——一個虛幻卻也真誠的世界。

Drosera spathulata
Baeckea frutescens

第三章

III

夢境

CHAPTER THREE

DREAMLAND

下次夏花上來時已是五月中旬，這次她堅稱自己有另一新身份：她是畫家。她從背包掏出些簡單文具：鉛筆、橡皮、幾張明信片大小的咭紙攤放在桌面上。

立夏，傾斜的陽光透進屋內，熱情地照耀眾多植株，正在進行光合作用的葉子，表面紛紛泛起珍珠似的光芒，落力地利用二氧化碳和水等無機物，生產出氧氣和以糖為主的有機物，並貯存到葉子、莖、果實和根部。

她左挑右選，拿起窗邊一盆正在開花的茅膏菜放在桌面，拉一張椅子坐下，就用素描筆認真描畫起來。

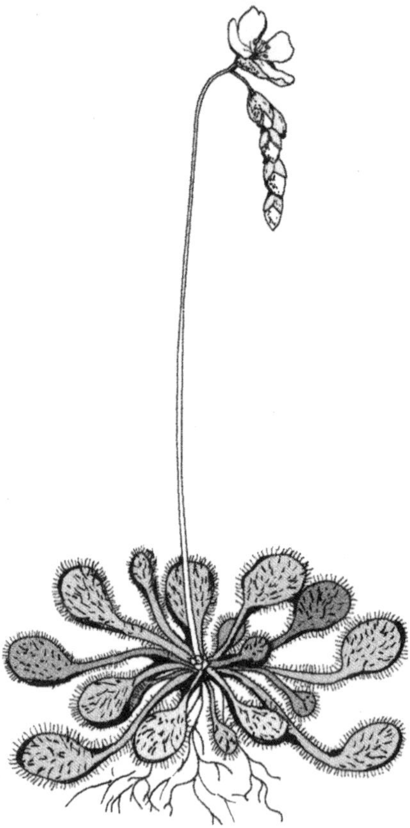

食蟲植物開著幾朵桃紅色小花。茅膏菜嫩綠葉子矮小貼地，葉端伸出無數長長纖毛，每根纖毛的末端凝著剔透發光的水珠。這些貌似可親的水珠卻原來有黏性，能牢牢地捕捉路過的小蟲，當中的消化酶更會將這些中伏的小蟲溶化瓦解，變成滋補的養分。

她趴在桌面專注繪畫，畫了又反覆修改，十五分鐘後你忍不住好奇偷看——「我是畫家」的確只是謊言一則，她畫的東西只屬業餘水平。你嘴角展露微笑，具挑戰意味地從文件夾捧出空閒時描繪的精緻鋼筆植物畫，遞給她看，她一看就知自己輸了；便皺眉嘟嘴說她是「簡約主義」、「印象派」，你的是「寫實主義」。

「寫實」，指對自然或生活做準確、不加修飾的描述。它摒棄主觀想像，細密而冷靜地觀察事物的外在特質。

Drosera spathulata

寬苞茅膏菜

茅膏菜科 Droseraceae

多年生食蟲草本。葉基生，密集呈蓮座狀，葉片倒卵形或匙形，邊緣與上面被腺毛。總狀花序腋生，花葶狀，花序梗密被腺毛，具十至二十朵花；花瓣五片，紫紅色或紅色；雄蕊五枚，花柱三枚，兩枚深裂至基部。蒴果內有小種子，黑色。花期三至九月。常見於潮濕的山坡及石上。

在西方，於十五至十七世紀期間，在歐洲乃至世界各地進入「地理大發現」時代，人們以嶄新目光重新審視人類社會和自然世界。在種種遠洋探索中，航海家到訪了鮮為人知的國家與地區，也同時發現大量前所未見的動植物品種，造就了博物學及博物學畫的誕生。

博物畫萌發於十六世紀，十七世紀時進入最繁榮的高峰時期。在攝影機尚未被發明的時代，博物學家往往兼具畫師身份。兼有高超的畫功和豐富的博物學知識的他們，單靠自己的眼睛、一雙手及畫筆，再現自然界中種種神奇美麗的動植物。他們講究科學嚴謹與理性，因此繪畫風格朝著寫實的方向發展。在這個冒險新時代裡，產生許多畫功精湛細緻的博物畫。

早期的航海探險經費多源自私人籌集，博物學家們除了一腔熱血，也要為旅費奔馳，賣畫、賣標本、賣植物以換取旅費，成就其浪漫激情，卻往往會在長途探險中途病死，又或許一把火就足以把心血畫作及著書全部毀滅。他們所付出的，其實是整個生命。

這些熱血激昂的故事、精緻細膩的作品，讓你在年輕時代便愛上博物畫，大學宿舍裡甚至收藏了一整箱的海報及畫集。

你一邊憶起你那些珍藏，一邊看她畫畫。令你意想不到的是，她竟然耐心地把同一棵茅膏菜重複畫了四次，奇妙的是線條一次比一次乾淨俐落，最後一次她甚至邊畫邊唸著植物結構：「蓮座狀的葉，基生，葉片呈匙形，有腺毛……」畫到花朵時又說：「總狀花序，有腺毛，紫紅色花瓣五片，雌蕊三條，雄蕊五條，花藥黃色。」彷彿嘗試用言語解構植物的本質。

你很快察覺並指出她與別不同的觀察習慣：「妳對一切觀察對象珍而重之。先用眼睛長時間觀察，然後運用其他感官，例如嗅覺及觸覺……有一刻我甚至覺得妳會吃掉那些動植物。」

對於你的觀察與分析，她先是詫異驚呆，然後漸顯欣喜表情，最後更向你舉起嘉許的大拇指。

「因為我有一種怪病……」她說：「也許是病，又也許不是。」

你側耳聽，她又說：「我的認知機制出了問題，常常感到自己活在夢的狀態。有聽過 DPD 解體障礙嗎？」

你迷惑搖頭。

「我會突然跌入夢境中，感到虛幻。我的心臟不好，有時候心跳會突然加快，然後心悸，病便發作了：我開始感到整個世界並不真實，外界事物都像幻影，在病發時，我跟它們突然拉開一段很遠很遠的距離。世界像罩上一層紗，或者霧。」

「有看過醫生嗎？」

「有。醫生起初以為是因壓力而導致的焦慮症，但其實不是，因為我就算在放鬆愉快的狀態，也會忽然抽離。」

「會是身體問題嗎？心臟？」

「有轉介過內科，但檢查過，心臟數據正常。」

「會影響日常生活嗎？」

「其實問題不大，也不是無時無刻都發作。只是認人能力很差，偶爾反應比較慢，發夢一樣。希望你勿見怪。」

「不會。」

此時夏花站起來。她在屋內走了一圈，認真地觸碰一些物件：厚實的書本、透明水杯，又拍打柔軟的床鋪，推開窗子，感受春風的氣息，隨手摘了你種在窗邊的崗松葉子，用力揉碎，嗅了嗅手中散發著的香味，說：「就像這樣。我有時需要動用所有感官，確認世界仍然存在、依然真實，而我是裡面的一分子。」

Baeckea frutescens

崗松

桃金娘科 Myrtaceae

桃金娘科崗松屬灌木或小喬木，高一至二米。葉對生，線形，下面隆起，具透明油腺點，莖葉揉碎後有香氣。花小，白色，單生於葉腋內。崗松是常用的民間草藥，全株均可入藥。喜熱耐高溫，廣泛分佈在熱帶平地及丘陵。植株強健耐旱，夏秋開花。

Attacus atlas
Francolinus pintadeanus

第四章

IV

垂死的蛾

CHAPTER FOUR

DYING MOTH

陽光燦爛的午後，你帶她穿過密林，走到近來於山邊發現的一個小山洞，你以手掌擋著洞口突出的石頭，叮囑她小心撞到頭頂。入內，洞穴約有兩輛大貨車的空間，四周有明顯被採挖過的痕跡。你把手電筒亮起，洞內登時閃亮起來，晶體反光，顯出淡綠、青藍及奶白的色彩。她笑了，指來指去說：「綠的這個是瑩石，一般以淡綠色的狀態出現，偶然有深綠及深藍色。」又走去另一邊：「旁邊那個白色的是石英晶簇。」你驚奇地問她怎懂這些？她說她以前做過「寶石買賣」，亦擅長「用各種寶石擺出不同的能量魔法陣」，導致你馬上給她一個白眼。

你從褲袋拿出一個小尖鑿，反轉過來，用堅硬柄子輕力一敲，再用力一撬，鑿下一塊淡綠瑩石、一塊石英晶簇送到她掌心去。

洞穴把石頭裂開的聲音放大，你繼續努力地敲敲掘掘，把美麗但不值錢的彩色石頭一顆顆遞給她；她認真地把它們貼到臉頰，感受礦物的硬度與冰冷，然後捧到頭頂轉圈，又開始快樂地哼歌。

你們努力採收一批晶瑩剔透的石頭，近黃昏才肯回去。她離開洞口時呼喚走在前方的你——她發現了一隻巨大美麗的飛蛾，平靜地貼在礦洞外

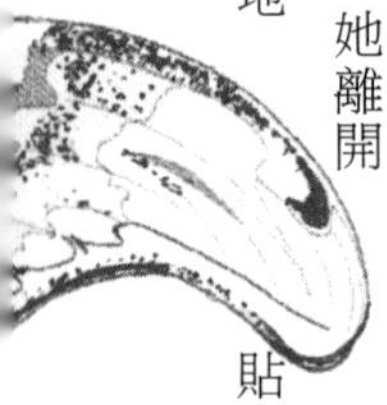

的石頭表面。她攤開手掌比劃著飛蛾的大細，說這是她未見過的物種。你告訴她：「這是**烏柏大蠶蛾**呢，也叫皇蛾，是世上最大的蛾類。」

你們幾乎同時察覺出牠不妥的地方——牠一雙紅褐色翅膀隨風擺動，時而平展、時而摺起，竟絲毫沒有自主的能力。

突然熱風一吹，牠像一片大枯葉似的，整隻被吹起，在空中翻個圈，用力振翅兩下，才勉強降落在旁邊的灌木間。

牠以小足死命抓住枝椏，身體依然左搖右擺。她

Attacus atlas

烏柏大蠶蛾

天蠶蛾科 Saturniidae

每年發生二代，成蟲在四至五月及七至八月間出現。雄蛾比雌蛾體型稍小，翅展可達到十八至二十一厘米。常夜間活動，但雌蛾飛翔能力不強。成蟲產卵於寄主植物的主幹、枝條或葉片上。幼蟲體粗大，色彩鮮艷。四至五月這一代的烏柏大蠶蛾從蛹到成蟲羽化需二十日，而七至八月這一代的烏柏大蠶蛾以蛹的姿態過冬，到第二年的四至五月成蟲羽化。

馬上為牠拍下一些照片；展翅寬度達二十厘米的翅膀雖有殘缺，但還是沒有減退本質的美——上翅左右末端形似「蛇頭」的圖案，是一種虛張聲勢的艷美擬態。

她忽然覺得憐惜，很想伸手撫摸牠，卻想起貿然的碰觸也許是種傷害，於是又把手縮回去。後來一隻大鳥在你們面前飛過，你指著那隻站在石頭上的、更罕見的鷓鴣鳥，便好奇地、笑嘻嘻地，逐步遠離這瀕死的烏桕大蠶蛾。

現在夜了，你把房子一半燈光「啪」一聲關掉，她忽然抬頭問：「那烏桕大蠶蛾，還在嗎？」

「恐怕已經不在了。會飛走，或是被吹走。」你答。

翌晨醒來，當她到小水潭洗澡，你花些時間回到礦洞口，果然在地上發現蛾的屍體。這隻在山間孤單地迎接死亡的美麗雄蛾，新鮮的屍體還很柔軟，鱗片一碰就脫落，因此你需要動用兩塊大葉子把屍體輕輕剷起來，才能順利帶回去。

你跪在地上，從桌底小箱子找出工具：展翅板、鑷子、昆蟲針、半透明紙、小刀等，逐一放在桌上。

她回來時用毛巾抹著頭髮，問你：「要做什麼？」

你指著桌面上、躺在兩片葉中間的蛾答：「想做個標本」，她隨即搖頭不同意，說她討厭把動物釘上相框、以屍體作裝飾展示的做法。

「烏桕大蠶蛾成蟲只有一星期的壽命。卵期七天、幼蟲期四十五天、蛹期六個月、成蟲七天。大部分幼蟲在成長期間已被天敵捕食。能活到老的大蠶蛾有多少呢？就我知道的非常少。」你解釋。

「這樣短命……」

「短命是因為羽化後的牠們，口器已經退化，無法進食，唯一的任務就是等待交配。」

她難以相信：「多漂亮又多麼脆弱。」

幼蟲蛻皮一次，長大一齡。一齡五天，二齡七天，三齡六天，四齡七天，五齡九

Francolinus pintadeanus

鷓鴣

雉科 Phasianidae

雞形目雉科鷓鴣屬。鷓鴣頭頂羽毛為黑色，有褐色及黃色斑，身體大多為黑色，有很多圓形白色斑點，下身的斑點較大。鷓鴣多在矮小山崗的灌木林中活動，腳爪強健，善於在地上行走，雖然不常飛行，但飛行速度很快。雜食性，喜歡吃昆蟲，同時亦吃野生果實及種子。廣泛分佈於香港的草叢。

天，終齡十一天……之後吐絲化蛹，靜待羽化。羽化後，雌蛾迎著順風釋放費洛蒙；雄性極其敏銳的梳狀觸鬚隨風擺動，即使遠在數公里之外，也能遙遙地接收繁殖訊息。雄蛾交配後幾乎馬上死去，雌蛾產卵完畢，亦隨即結束短暫的生命。

「但牠有很大的缺陷，兩邊翅膀缺損了。」她懊惱地指著蛾屍上不完美的地方。

「我並不視之為缺陷。」你頗為堅定地說：「這是真正存活過的生命痕跡。」

Strobilanthes cusia
Saururus chinensis
Hylocereus undatus
Dimocarpus longan
Heron
Motacilla alba

第五章

V

城市化

CHAPTER FIVE

URBANIZATION

山很高，雲很低，風吹，整個森林都在呼吸。她推開草堆，走出路徑，像當初的你，宗柏，為我帶來輕微擾動。

夏花自此固定地週末上山，翌日下山。

上來的日子總會給你做飯，從背包掏出不同的新鮮食材，像魔法師一樣。她微笑說她本身是「米芝蓮星級大廚，但工作太累，假日只願意為你做精簡淡然的住家菜」，還不斷編撰誇張的故事情節，說她做的食物如何美味，甚至得到過美食家和食神的激讚。

她神情渙散，經常笑嘻嘻地，也許因為她病，也許是本身性格，又或者根本是故弄玄虛，說話時真時假，猶如夢囈。

她又絮絮說只要有電力，其實什麼菜都能夠做好。你側身躺在床上，笑著聽她胡扯，看她用最簡單的工具表演煮飯——她未至於是真正的廚師，卻也不是嬌生慣養的女孩：將一把糖落在豬肉片上，澆上豉油混合醃好；純熟地提著鋒利的小刀，「咯咯」地把小棠菜切碎；用手撕開盒子，把微黃的雞湯緩緩倒進白米中。不一會，飯煲內部在翻滾，冒出熱騰騰的白色蒸氣。漸漸地菜飯的香氣充斥整座小房子，你們伏在飯煲旁邊等食。

在山上，你的眉頭鬆弛，腳步放慢，時間變得不重要，彷彿一切以優美的姿勢前行。

你們晚飯過後喜歡坐在山崖邊那些巨石堆上聊天，那裡開闊清涼，抬頭是市區難尋的清澈星空。她極少提及自己，總愛發問，尤其問你那些月亮一樣遙遠的理想。

我從你們的傾談得悉這城最新的發展狀態：據説這城主權回歸後，曾發生一場非典型疫情，鬱悶的人們不敢前往空氣不流通的公眾地方，無處可去之下選擇行山，自始欣賞高山淨潔的空氣。疫情好不容易過去了，更大的問題湧現：外來移民數目急劇上升，人口膨脹，發展商大量囤積土地，策略地減慢興建房屋的速度，形成供不應求之象，棕地及閒置土地亦遲遲不發展，導致土地供應不足問題無法紓緩；樓價極端高企，年輕一代無法置業，無法在自己的土地上扎根。

高壓之下，所幸城市仍擁有四成受保護的綠化空間，供市民喘氣。它們大部分均位處偏遠郊區，包含大量陡峭山坡、林地、溪澗、幽谷等天然地貌，極具生態價值……你説你們此刻位處核心中央，正在留守於這城最漂亮驚人的樂土，你渴望把這裡所有珍稀有趣物種逐一搜錄，證明石屎城市旁邊、咫尺之外即有天堂，不容任何人僭越半分。

Strobilanthes cusia

馬藍

爵床科 Acanthaceae

多年生草本植物。葉紙質，橢圓形或卵形，邊緣有鋸齒。花冠藍色。常生於潮濕地方，分佈江蘇、浙江、福建、湖北、廣東、廣西、四川、貴州、雲南等地。莖葉可直接入藥或加工成青黛入藥。植株含靛藍色素，是南方常用的藍染植物。

夏花托著兩腮夢幻地笑，有時輕輕搖頭，有時露出將信將疑的表情，像成年人正在聆聽一則現代童話。

受聘於大學，你需要在三年內完成三篇研究文章，你勤懇認真，一切都順順利利，當第三篇快將發表時，卻突然發生鉅變：「我師父急病過世了。那是去年發生的事。後來在整理他辦公室的書本和文件時，意外地在抽屜底發現他一份三、四年前撰寫卻未執行的研究大綱。我讀後大為震撼，遵循他所標示的位置找到這所舊屋。基本設施都有齊，竟然連電箱也接駁好，甚至桌子和床鋪都有。」

因為得到額外資助，你有年半時間作深入研究並撰寫報告。最初的時候你每星期留在山上一兩天，後來漸漸愛上山中的幽深寧靜，認為更能專心工作，便索性帶著所有可處理的文件，每趟背上數天物資，一步步走上那最高的山峰，然後躲在某個鮮為人知的角落，在隱蔽的美麗樂園埋首研究。

每次你因物資耗盡而不得不重返城市，當中長達個多小時的、由高至低的下降過程，都讓你意識到自然與人文的交替流變。

起點始於山。高山上都是霧濕、清氣、滿眼的綠色，耳窩貫滿風吹樹冠、小鳥嚶嚶鳴叫、溪流滴水的聲音；急降至半山時，人類痕跡開始顯現，多是一些單層舊石屋的遺址，早已人去樓空，而這些頹垣敗瓦旁邊常伴有荒田，田內往往還留有幾代人前的作物，如馬藍花、三白草、量天尺、蓮霧和龍眼樹，反倒生生不息；繼續往山下走，將可看見人工鋪設的水管及小堤壩，

Saururus chinensis

三白草

三白草科
Saururaceae

多年生草本植物。高三十至七十厘米。莖直立，有稜。單葉互生，葉片卵形，基部心形，全緣。花序下的二至三片葉，開花時常變成乳白色；總狀花序生於枝頂，與葉對生。植株具有利尿消腫，清熱解毒的功效，臨床主要用於治療尿路感染、腎炎水腫、支氣管炎等相關疾病。

Hylocereus undatus

量天尺

仙人掌科 Cactaceae

攀援肉質灌木。植株高三至十五米，具氣根。分枝具稜，稜常翅狀，邊緣波狀或圓齒狀，深綠色至淡藍綠色。花漏斗狀，外輪花被片黃綠色，內輪花被片白色。花可作蔬菜，稱「霸王花」；漿果可食，名「火龍果」。

它們攔截溪流，改變天然溪水的流路；當這些被改變方向的流水滑到下游平原，那兒便漸漸出現文明。村屋露台掛著正在晾曬的衣物，田裡栽種了可吃的蔬菜，然後村狗也開始瘋狂亂吠。

上善若水，水善利萬物而不爭；河流是生態系統中最基本的存在形式之一，不僅關係到生物的繁衍，也是文明的基礎，直接影響人類社會的構建和發展。人們數百年來改造河流的同時，也改變了原有天然生態，創造了耕地、城鎮、人工濕地等各種人工生態系統。你目光銳利，邊走邊觀察明渠內那些靜待魚兒游近的飢餓鷺鳥，或是那些尾羽上下擺動的活潑鶺鴒。

不知不覺間，城市複雜的色彩呈現眼前，空氣中雜質飛升，近馬路處開始揚起一層薄薄朦朧的霧靄。河口附近店鋪及村屋林立，利用河流排泄家用廢水，因此流入大海前一刻的水往往呈現奶白色，或浮著一層七彩的油光。

五月尾仍屬考試季節，大學校園內環境還算寧靜，然而你回去時仍會感到焦慮。開啟電腦，收到新郵件，打開電郵，盡是一些必須 asap 緊急回覆的信息。

接通互聯網，最新的新聞消息蜂擁而至，一一顯示於屏幕上：據說，距離我城不足一百公里的地方，即將設計及興建一間核電廠，落成後發電量達六千兆瓦。

據說，有幾場可疑的大火災灼傷了濕地。有片被譽為「城市後花園」的濕地每隔數年便會離奇地起火；最近一個月內更發生三次，

Dimocarpus longan

龍眼

無患子科

Sapindaceae

常綠喬木，高六至十米。長橢圓形葉子互生，全緣、革質。開黃白小花。果實外形圓滾，皮青褐色，革質而脆，果肉味甜可吃，去皮則晶瑩剔透，隱約可見內裡紅黑色果核，極似眼珠，故以「龍眼」名之。

Heron

鷺鳥

鷺科
Ardeidae

鷺科為鳥綱鸛形目中的一個科，也被稱為鷺類。本科鳥類為大、中型涉禽，主要活動於濕地及附近林地，是濕地生態系統中的重要指示物種。以水中生物為食，包括魚、蝦、蛙及昆蟲等。繁殖期多群居營巢。由於體態優美，常成為古人詩歌中讚美的對象。

焚毀蘆葦及橫水渡碼頭。最後官方以「自燃悶燒」為解釋，結束了調查，但明明你記得那片濕地四周環水呢，不禁覺得可笑起來。

據說，我城將要填出一個巨大島嶼，那偉大的工程共創造一千七百公頃的填海造地，估計需要二點六億立方米的砂量。填海常用由石頭打碎而成的「機砂」。你能想像原本大片樹林被剷平，然後炸山劈石，整個山頭變成崩缺的石礦開採區，工人馬不停蹄把碎石運上石車，堆放輸送帶上，機器把物質粉碎了再粉碎，大地粉塵在空中飛揚，移山，然後填海，機砂落進水中即把海水玷污成濁白色，共倒二點六億立方米，直到足夠堆砌一個前所未有的宏大的海中島嶼為止。

案桌上的電話「嘟嘟嘟嘟」響起，提醒你必須於明日內繳交研究進度報告表及其他

林林總總的文件。你關掉瀏覽器，把注意力重新投放於你的工作文件上。

Motacilla alba

白鶺鴒

鶺鴒科
Motacillidae

小型鳥，喜濱水活動，多在河溪邊、湖沼、水渠等處活動；離水較近的耕地附近、草地、荒坡、路邊等處也可見其蹤跡。飛行時呈一上一下、S形地飛行，行走時尾巴不斷上下擺動。以昆蟲及種子為食。

Schima superba

VI

第六章

山魅

CHAPTER SIX

MOUNTAIN SPIRIT

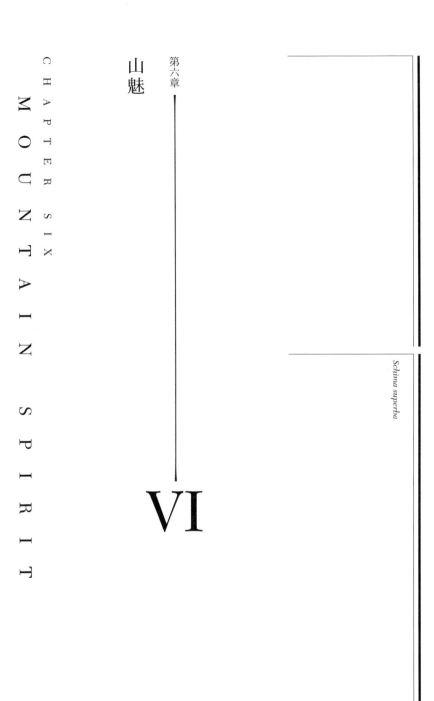

夏花每次總是沒有避諱地在你的屋子過夜，她總霸佔你的床，抱著你的小睡枕，眼神慵懶地笑說：「我想看明早那些在第一線晨光中起飛的高地鳥兒。」而她的確永遠比你早起，並且必定悄悄地在清晨時分溜到屋後的小潭清潔身體，就像某種不可或缺的固定模式。

在晨曦來臨之前的幽微時分，她一切微小動作：起床時的歎息，踢開被鋪的聲音，都令你的神經敏感興奮。這次在她提著衣物出門後兩分鐘，你也微喘著氣，躡手躡足推開大門。

四周仍是藍紫一片，月亮猶未落下，你順沿她裸足踏過的青草路跡前行……清晨露濕，草葉上都是大大小小的水珠，沿途白花墜落，六月，有木荷之落花。

冒著清早的沁涼，她在樹邊脱至赤裸，隨即走進小潭去。

整個天地一如以往，籠罩在迷濛的霧氣裡，人格解離障礙令她的動態與別不同，她緩慢而細緻，極度專注於每一個動作、每一件所凝視的物件，彷彿連清水也值得細味。她背著你洗澡的形態，讓你覺得宛如舞蹈，漂亮陌生得甚至需要暗中舉起相機作出記錄。

你熟練地一隻手捧起相機，另一隻手調較焦距，鏡頭下，由模糊至清晰，隨水漂流的半透明花瓣一寸寸逼近她，最後輕輕觸及她嫩幼的背部。

她用雙手捧起水，洗臉。兩手交疊，縮起肩膀，來回撫摸上臂，安慰著自己一樣。

她又低側著頭，把楊柳似的長髮繞到前胸，拉起一束髮，閉上眼用心感受自己的髮質和頭髮的味道，張開眼，不自覺向後方望，然後在鏡頭下與你的目光對視。

你慌亂得幾乎把相機丟下！你想像她受冒犯，下一秒即將會大叫！

但並沒有。

她看著你失措的表情，竟若無其事地嫣然一笑，像早已

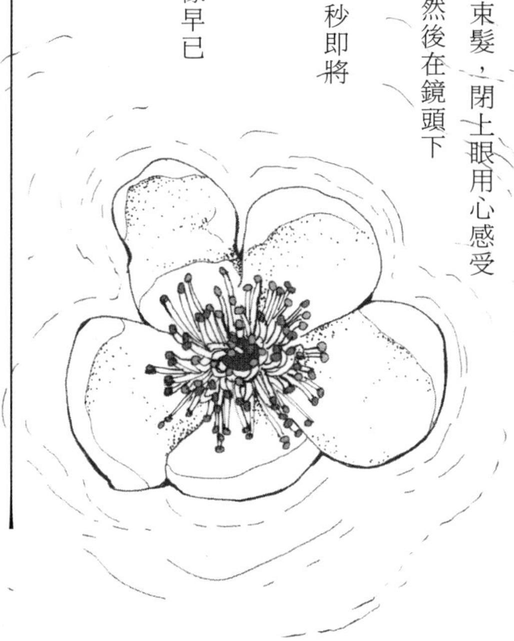

Schima superba

木荷

山茶科 Theaceae

常綠喬木。通體筆直，植株能夠承受高溫，是良好的耐火植物。葉片橢圓形，革質，邊緣有鈍齒。花單生於葉腋或多朵聚生於枝頂葉腋，直徑二至三厘米，白色。

洞悉你狂妄種種，於是空氣忽然充滿櫻桃似的勾引味道。

她眼神有水霧感，氣質裡總有一種迷離和散漫。你忽然把她聯想成山魅，又想起山魅的各種傳説：傳説山魅會誘導人類走到山野深處，是會迷惑人心的妖魔，它們用眼神迷惑路人，而那些眼神總是飄忽不定；被山魅勾走魂魄的人如同行屍走肉，做出一些令人髮指的事……她把頭轉回去，繼續在水中把玩她的木荷落花，只剩下你停在灌木叢後，上下迅速套弄早已因晨勃而挺起的陽物。

嚴重暈眩是在午後開始的。矮小的夏花額角滴汗，吃力地把你扶回室內，讓你坐到工作桌旁的椅子休息，坐下一刻你卻突然難過地嘔吐起來，夏花伸出纖細的雙手，本能地承接你熱呼呼的奶白色——那些仍在胃裡消化的食物，拯救了桌面上珍貴的植物標本和手稿。你不停道歉，她卻平靜地往水桶洗手，把你扶到床上，為你蓋好被子，再慢慢收拾地上殘局。

她以手背摸你的額角：「你發高燒，剛才還吹過風。」

你覺得失威極了，一個大男人在自己的地頭病得昏昏迷迷。但身體狀態急速轉壞，漸漸地你感到呵出每一口氣都熱，眼皮也沉重得難以撐開……她道別似的背影不知為何讓你懼怕，你輕拉她衫尾說：「暫時不要走。」

她轉身撫摸你前髮，摺好一條濕毛巾放在你額上，說：「放心。我會留下來。」毛巾冰凍冰凍的，讓你感到無比舒適。接著，她連續兩天就在小屋住下來，為你煮粥、抹汗、餵止痛退燒藥。你睡夢中好像聽到沙粒與海水碰觸的聲音，癱瘓地側著頭，看見她熟練地把米粒洗好，加入山溪清水，放進屋後採集的莧菜葉，及一小罐鹹牛肉。

你整天在睡，覺得一切像夢；自己好像曾在屋裡遊來盪去，定神過來發現自己仍躺在床上，彷彿靈魂出竅。這種半夢半醒的狀態直到週二中午；你忽然覺得口渴：「夏花、夏花」地想托她倒一杯水，卻得不到回應。彈起來坐直身子，才發現原來人早已不見了。

你捂著嘴，開始瘋狂尋找有關她的物品，卻一件也找不到，以致你無法百分百確認夏花存在過。《搜神記》說：「妖怪者，蓋精氣之依物者也。氣亂於中，物變於外。」大樹林立，晚間走在濃密叢林中，風一吹，你被很多會動的樹木包圍，她好像曾經轉身來拉你的手，眼神迷離有如雌兔，把你迷惑於高山森林之間。你卻永遠不知是夢是真。

到底，她是你研究過程中幻想的倩女幽魂，或你是她遊山玩水時碰上的無主孤鬼？

你變成一隻隱山的幽靈，日夜徘徊於你曾帶她到過的位置，除了每星期返回研究室的時刻稍感振奮，你的確失落地意識到，自己活在深山裡，對於遙遠的城市人而言，是可有可無的一具幾被遺忘的人。研究進度完全滯後，明明是晨間，你眼皮卻無比沉重，整天拿著鉛筆在手中轉，在筆記簿上沒意識地重複畫點點，總覺得還沒有完全退燒、額角仍然燙熱，無法集中精神、無法把資料冷靜記錄好。

因此，當下個週末清晨，夏花的小身影再次出現在門邊，傾側著身子細細聲說「哈囉」時，你迎上去，無法自控地擁抱並把她深深埋在胸前。

她艱難地抬起頭，臉紅紅又氣吁吁：「你痊癒了啊。我很擔心但我要返工，拖到今天才來。」你是黝黑碩壯的男子，她高度只及你胸膛位置，但她仍執意要踮起腳，竭力盡舉手臂，輕輕撫摸你的頭頂。大概女人把男人照顧過，就會有這種愛惜的措舉。

她隱約在你耳邊喁喁細說：「你不怕我成身大汗？抱歉有點臭。」你低頭以臉頰拱她臉頰，她呆呆，一臉無辜地嘟嘴親你腮邊，於是你也模仿她，親她兩面紅粉的腮，又吻她軟熱的唇。

你把她放到床上劇吻起來。慾望狠狠尚有最後丁點理智猶豫，你說：「我很愛妳，但假如我繼續做什麼，也怕會讓妳受傷。」

她還是那樣天真無辜的表情，伸出雙手來，輕勾你後頸，近距離凝視你的眼睛，而她眼中好像也有異樣浮光盪漾。她微笑她又瞇起眼，長長睫毛像揚動的飛蛾梳狀觸角：「接下來你無論做什麼，也不傷害到我。」

你輕輕托起夏花的下巴，看她的右側臉，然後左側臉，審視如分析一株植物，握她的腕，觀看她手心淺淡的掌紋，細撫手背上暗藍血管如葉脈、恥毛如氣根，翻閱身上的花蕊與托葉，感受她每個部位的髮質，屬絹毛或是柔毛？呵摸那單薄的背，數那一節節突出的脊椎骨。

夏花身體開始微微抖震，牙齒咬得咯咯響，眼裡還隱約有淚光讓你無比興奮。你一邊問會不會痛會不會痛一邊插入，輕柔的程度就像把珍稀植物移植到新泥中；你往前一動她就向後縮，像一株小小的敏感至極的含羞草微微合上。

你把數月靜居於山的孤獨都釋放而她乖巧地接納一切，直至抽出把精液射在她小肚上你卻頓時理智回歸。

連滾帶爬趕緊下床提起一桶清水，你弄濕一條毛巾為她抹走小肚上的黏稠，再一寸寸為她抹洗全身，正面，然後背面。直到你把毛巾自脊骨推上她的後頸，才發現她因為上山及做愛的疲倦，早已沉沉昏睡。

煮即食麵。從櫃子取出一罐午餐肉，切了並把它煎香。熱油和午餐肉在鑊中「劈劈啪啪」跳躍。煮食時多次不安地轉身，終於你搖醒惺忪的女孩，為她穿上你的衣服，才鬆口氣：她是實實在在的，非是山精妖怪或因寂寞而幻想出來的虛構女子。

Sedge
Aphid
Thismia tentaculata
Exbucklandia tonkinensis
Lilium brownii
Globba racemosa

第七章

差異性

VII

CHAPTER SEVEN

DIVERSITY

Sedge

莎草

莎草科

Cyperaceae

單子葉植物。常為多年生草本，包括約七十屬，共四千多種。傾向分佈在熱帶潮濕地區的土壤貧瘠處，也生長於沼澤、山坡草地及林下。

六月，你們是放任的阿當與夏娃，在深綠的莎草叢間走出忘我的軌跡。

山上的生活一般都淡泊，沒有享受，沒有過多資訊，沒有複雜人事，奉承和權力均無必要，四周寧靜，溪水清澈，空氣良好。七點睡醒，八時外出調查，正午回到屋子煮食，下午處理文件工作，悶時調理農務，修剪蕃薯苗，掐死蚜蟲，拔掉雜草，為生菜、莧菜和窗邊盆栽澆水等等。

山上沒有所謂道德不道德，最大的壞事不過是私自把動植物抓到屋子裡栽種飼養，然後觀察夠了就放走。沒有戲劇性的情節，甚至瑣碎得不成故事，但也許才是真

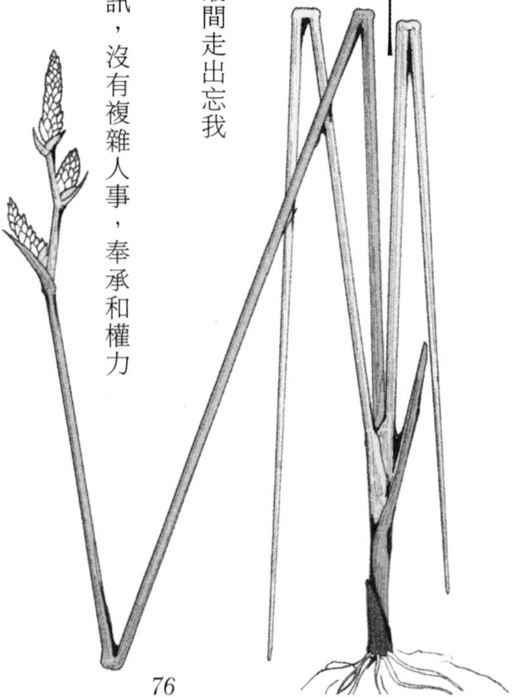

正的生活。

因為題材關係，你研究論文的架構十分鬆散瑣碎，內裡所載資訊量卻極其繁多，正如此地豐富的生物多樣性。

「生物多樣性」，biodiversity 一詞在一九八六年被提出，為 biological diversity 的簡稱，泛指地球上所有生物體的多樣化和變異性，包含遺傳多樣性、物種多樣性和生態系統多樣性三個層次。在最初的時候，生物多樣性指對地球上所有植物、動物、真菌及微生物等物種種類的清查，其後在學術上的定義被擴充至所有生態系統中活生物體的變異性，涵蓋了所有從基因、個體、物種、族群、群落、生態系統到地景等各種層次的生命形式。

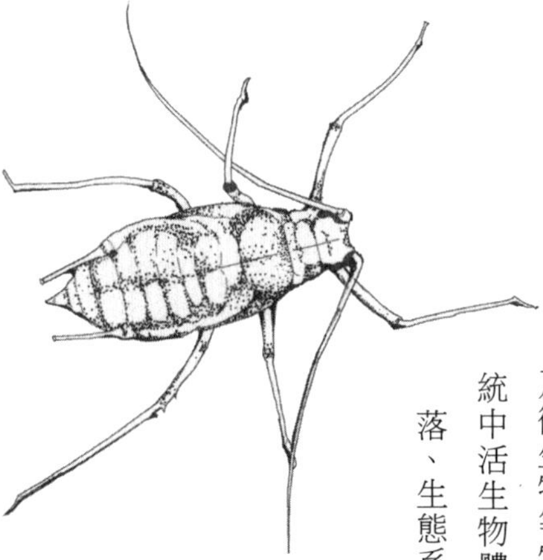

Aphid

蚜蟲

蚜蟲總科
Aphidoidae

包括蚜蟲總科下的所有成員。大小不一，身長從一到十毫米不等。植食性昆蟲，以植物汁液為食，可以進行遠程遷移，主要是通過隨風飄盪的形式來進行擴散，是地球上最具破壞性的害蟲之一。天敵有瓢蟲、食蚜蠅、食蟲虻、寄生蜂等。

Thismia tentaculata

三絲水玉杯

水玉簪科

Burmanniaceae

一年生草本，為缺乏葉綠素的腐生植物。莖白色，直立，二至三厘米。花管狀，半透明，黃色杯口呈六角狀；外瓣呈闊三角形，內瓣呈窄三角形，具絲狀橙紅色附屬物。果杯狀，白色半透明。本種除香港以外，僅見於越南。

而衡量某地生物多樣性豐富與否，「物種的數量」是最基本指標；為了有系統地表達此地的繁盛特質，你把偌大的山頭以生境劃分為樹林、灌木叢、開闊草原、溪流、石丘等多個小區域，再詳錄每個區域的品種與數量。

初夏降臨，百花盛放，你告訴她你近來的主題是「植物」，接下來將以植物生態學的角度，分析植物與環境條件間相互關係：研究環境諸如氣候、地形、海拔高度、光照、溫度、降水、土壤質量等因素對植物的遺傳特性、形態、分佈的影響；同時研究它們和微生物之間互利共生的關係。她不完全明白你說的話，她只知道今天有**三絲**

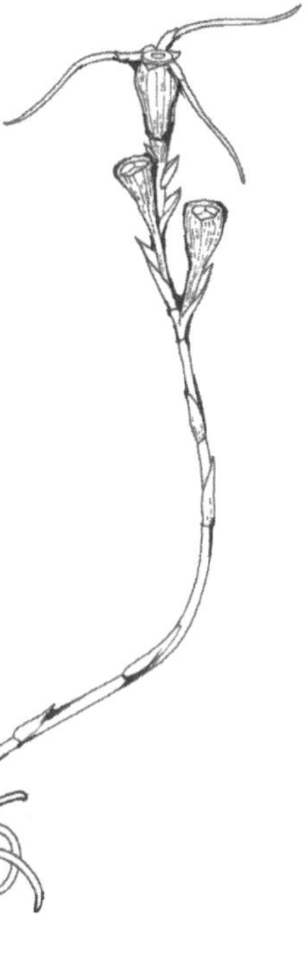

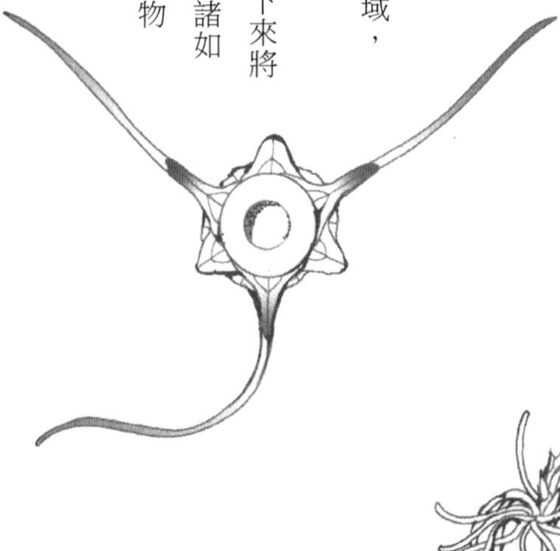

水玉杯盛放，過兩天是大果馬蹄荷，爾後還有初放的野百合、美麗的舞花薑。你們變得非常忙碌，為蠢蠢欲動的植物東奔西走，地圖上滿載神秘的文字與符號，詳錄了品種與植株數目。

夏花大汗淋漓、幾近虛脱，笑著拉你衫尾説：「不要走。」她緊隨你的身後，以鏡頭記錄各種茂盛的生命；如此雀躍單純地快樂著，用瘦幼的手腳攀過一個又一個山頭，像幼鴨踏著密密細細的腳步在後面跟你走，蹲著為各種生命拍攝，興奮如搜集散落大地的繽紛珠寶。

「你知道嗎？山下的生活如夢幻泡影，只有脱離城市，來到陌生警戒的高山上，才令我有活著的感覺。」她説。

Exbucklandia tonkinensis

大果馬蹄荷

金縷梅科
Hamamelidaceae

喬木。葉革質，呈闊卵圓形或卵形，先端漸尖，基部楔形，表面深綠色，全緣或有時掌狀三淺裂。頭狀花序單生或數枚聚成總狀花序，每一花序有花八朵；花瓣不存在，花盤鱗片狀，雄蕊約十三枚，子房被鏽褐色硬伏毛，花柱長四至五毫米。頭狀果序具有蒴果七至八枚。種子六枚，下部二枚有翅。

Lilium brownii

野百合

百合科

Liliaceae

多年生草本。鱗莖球形。莖高零點七至二米。葉散生，通常自下向上漸小，披針形，具五至七脈。花單生或幾朵排成近傘形；花喇叭形，有香氣，乳白色，外面稍帶紫色；雄蕊上彎，花柱柱頭三裂。蒴果矩圓形，有棱。生於山坡、灌木林下、路邊、溪旁或石縫中。鱗莖含豐富澱粉，可食。

日間尋花，夜裡交合。你聽說過，生與死之間其實只隔一層輕紗或帷幕，當你或我通過帷幕之後，這世界還將存在很久很久，太陽如常升起，它不會留意所有人的來去，就像往深水處投一塊小小石頭，激起浪花，但一秒後消失。你伏在她身上，沉寂忍耐如植物、沉著沉著去到達最後，面容輕輕扭曲，像她到最後把一塊小石子擲進你平靜的湖，盪起一波波微小的漣漪，撞到岸邊又一圈圈返回水中央。

翌晨被早起的鳥吵醒。你惺忪坐在床上。假如，室內孤零零

失去她的身影，你已不再害怕，你的腳步，就自然而然地邁向屋後小潭——你知道當你轉到木蘭樹後，就能看見她沉迷在晨霧漫漫的澗裡洗身子，認真儼如聖潔的受浸儀式。

Globba racemosa

舞花薑

薑科
Zingiberaceae

多年生草本。葉片長圓形或卵狀披針形，葉舌及葉鞘口具緣毛。圓錐花序頂生，花黃色，各部均具橙色腺點，花冠管長約一厘米，裂片反折，唇瓣倒楔形，頂端二裂，生於花絲基部稍上處。蒴果橢圓形。花期六至九月，生於林下蔭濕處。具有混合繁殖策略，以種子進行有性繁殖，亦以珠芽進行無性繁殖。

Ficus virens
Gonocarpus chinensis
Burmannia chinensis
Stylidium uliginosum

第八章

VIII

地下水流

CHAPTER EIGHT

GROUNDWATER FLOW

風起了，樹冠晃動，耳後髮絲飄飛，皮膚登時冰涼起來。天空藍光一閃，抬頭，十秒後傳來雷響，不規則的能量一波波向外擴展，連大地也微微震動。夏花掩著耳朵急步返回屋中，才踏進門口，雨水已傾盆而下。

「為什麼山上常常下雨呢？因為山有感情嗎？」她似問非問。

面對這種不科學的問題，你還是耐心地解釋了：「這叫地形雨。當潮濕的氣團遇到山勢阻擋，便會被迫沿山坡上升；氣團上升時會降溫，降至露點溫度時，便會變成雲，然後下雨。」

風雨直到傍晚五時方告結束，遠山原本堆得濃厚的紫色積雲雲層，終在日落時分，灑出一鋪橙黃的夕陽殘暉，金箔似的，薄薄地落在遠方的蒼山上。雨剛停，屋簷仍有小水珠滑下，一點一滴落在水窪的表面，並泛起漣漪。你回頭只見她早已在門外的水窪前跪下，著迷地舉機拍攝。你好奇她正在拍什麼，也走過去了，「咔嚓」一聲，你在水中的倒影被夏花攝進鏡頭裡去。

她說：「你知道嗎？你有一種樹的氣質。」

你不禁皺眉：「妳是說我像一碌木頭？」

她「咯咯」笑了：「像黃葛樹。知不知道？樹皮紅褐色，壯健高大，有板根。」她用手比劃著板根的形狀：「就算長在瘠薄斜坡，也能站得穩，很可靠。」

你的臉不禁熱燙起來，儘管讀過「菊，花之隱逸者也；蓮，花之君子者也」之類文字，但當這種以植物喻人的方式套在自己身上，便覺得非常奇怪了，卻也瞇著眼睛問：

「那妳自己？哪個品種？」

Ficus virens

黃葛樹

桑科 Moraceae

又名大葉榕，本地原生的落葉喬木。適應力強，樹身高大可達十八米，樹冠開展，大多具有板根或支柱根。雖屬榕樹的一種，其氣根並不發達，只沿主幹伸延至泥土。春季初生幼葉為淺綠色，其後漸轉深綠。成熟果實紫紅色，果肉多汁，吸引各種雀鳥取食。

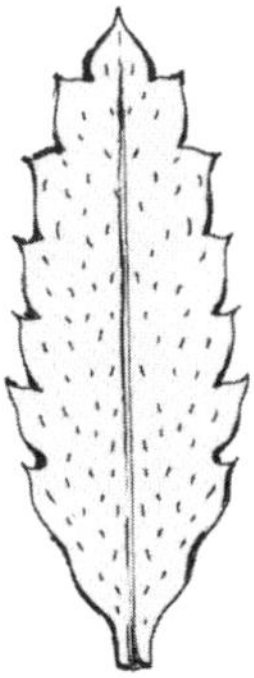

Gonocarpus chinensis

黃花小二仙草

小二仙草科
Haloragidaceae

多年生細弱草本，高十至六十厘米。莖四稜形。葉對生，邊緣具小鋸齒，兩面粗糙，多少被粗毛，淡綠色。花兩性，極小，黃色花瓣四枚。堅果極小，近球形，長約一毫米，具八縱稜。生於平地、山坡、荒山、路旁草地。

蹲下來把玩石邊禾本科小草的她，眼望天空，還很認真地思考：「也許是矮身的草花，也許是苔蘚，也許是一世只開一季的夏天花。」

「哦……」你便馬上想起一些矮小柔微的草本：**黃花小二仙草**、**水玉簪**、**花柱草**之類。

山上很好，尤其夏季時，環境總比煩躁的市區來得舒適怡人。空氣跟隨地形由地面緩緩上升，氣壓減少，體積膨脹，溫度徐徐下降，下降率約為每一百米零點七度，因此你們位處海拔六百五十米的山谷中，理論上氣溫比海平面低近五度——當市區的人們抵受三十三度高溫時，山上往往只有二十八度，而你們居在水邊林蔭下的屋子，便再低兩三度；因此你看著掛在大門後的溫度計，就算是正午時分，才不過標示攝氏二十五、六度左右。

她惟一害怕夏天飄忽的雷電，當閃電撕裂天空，便像受驚的鴿子一樣撲進你懷中。你嘗試以理性及科學告訴她雷電沒有想像中可怕。例如，Miller 及 Urey 在一九五三年進行了生命始源的實驗。他們在一個密封的玻璃瓶中模擬地殼運動時期海底熱泉的情景，把裝有原始海水的瓶子加溫，將水氣蒸發引導至另一端，加入甲烷、氨氣、氫氣；然後在瓶子上裝上正、負兩電極，進行電擊，模擬大氣閃電。當密封玻璃瓶冷卻後，科學家們發現了震驚世界的結果——人造海水中，竟然蘊含構成生命必須的組件元

Burmannia chinensis

香港水玉簪

水玉簪科

Burmanniaceae

一年生半寄生草本。高四點五至二十厘米。莖綠色，纖細。基生葉披針形，莖生葉線形。花一至三朵生於莖頂，紫色；種子橢圓形。由於葉子十分細小，需要與真菌共生，仰賴它的協助以獲取足夠營養，故被外界定為「半腐生植物」。

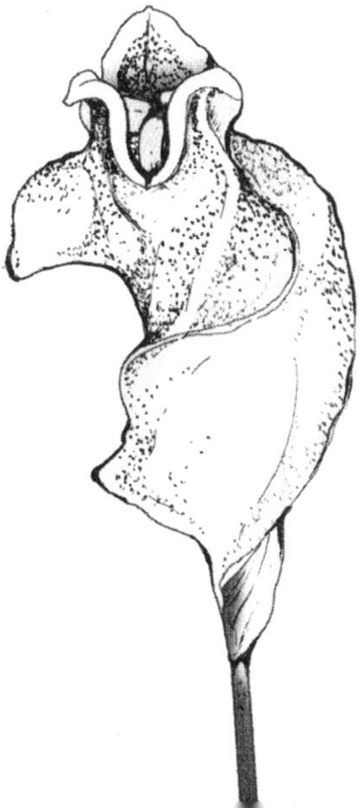

素：氨基酸。實驗竟然成功把無機分子變為有機分子，而當中重要關鍵，正是雷電。又例如，大氣成分中有百分之七十八為氮氣，但游離的氮氣無法被植物直接吸收，必須將其轉化為含氮化合物才能被植物好好利用。將氮氣轉變為含氮化合物的過程稱為「固氮作用」，而雷電所提供的能量，正好促進了含氮化合物的產生。

還未待你解釋完，她便睡著了。

窗外的雨水淅淅瀝瀝地傾倒而下，蒼白天空堆滿了灰色烏雲，快要塌下來一樣。大氣以雨及霧的姿態，降水於陸地，水沿著地表往低谷方向下流，匯集成河，入海，最終蒸發而回歸大氣，成就一個完整的水循環。

雖然大雨降灑時，表土被突如其來的雨水沖蝕，從樹林衝進溪流，令溪裡霎時充滿了森林裡的有機物，看起來污黃混濁。但這只是暫時性的，經過幾個小時，物質沉澱，就會回復清澈如初，你們又可以從溪裡掐水喝了。

人們發現多數河流的源頭都在極高的山地和峰頂，開始於一個若即若離、似有還無的開端。在野外進行溪流探索時，你們一般會由低地往高地向上攀澗。下游澗谷通常氣勢壯闊，大水洶洶；至中游時，澗道變窄，流水漸細；直至上游，水常會斷斷續續，於是你們以為上源經已乾涸；然而再往上多走十米，或轉一個小彎，就會發現消失的溪水重新出現——水並沒有斷掉，只是暫時貯存於岩縫和土壤空隙中，於地表下緩慢移動。這就是地下水。

對情感遲鈍疏忽的你，也許並未注意到，我卻看見了。在你專注工作或休閒午睡時，她總愛徘徊於陡峭開揚的山邊，逗留在那些大岩石上。她手肘屈曲，膝蓋稍彎，模仿遠方山巒。眉頭放鬆，腦袋漸化一抹雲；雌性的眼神總是盪著漾漾水光，她的眼淚似有若無猶如雨粉，用力把前塵淡忘，將所有記憶降落地表，深入土壤，淨化，並暫存於，潛藏而深沉的地下水層。

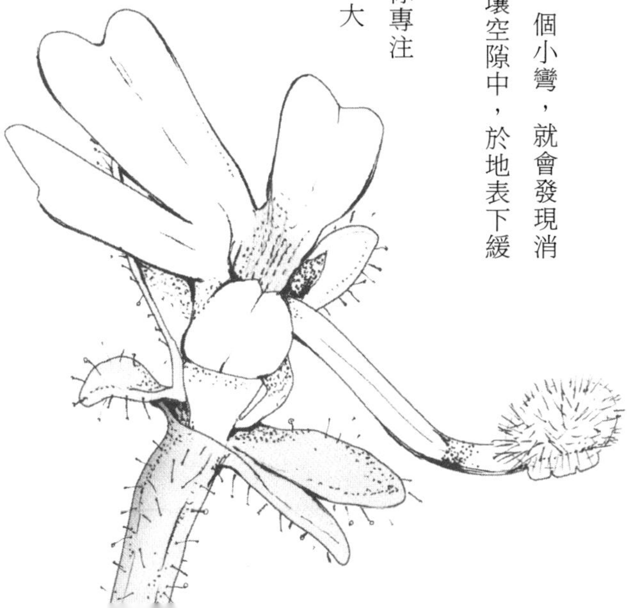

花柱草

Stylidium uliginosum

花柱草科 Stylidiaceae

一年生小草本。高八至二十二厘米。葉基生呈蓮座狀；卵形，全緣。花小，花冠白色，其中一枚裂片極小，反折成唇片，其餘四枚向外開展；合蕊柱長三點五毫米，從花中心伸出。

通常情況下，合蕊柱向下彎曲成一個倒U形狀，當昆蟲來採蜜時，合蕊柱受到刺激後，以一定角度彈出，過程中合蕊柱會與昆蟲接觸，完成傳粉的過程。

第九章

夜行動物

IX

CHAPTER NINE

NOCTURNAL ANIMALS

Viverra zibetha
Bat

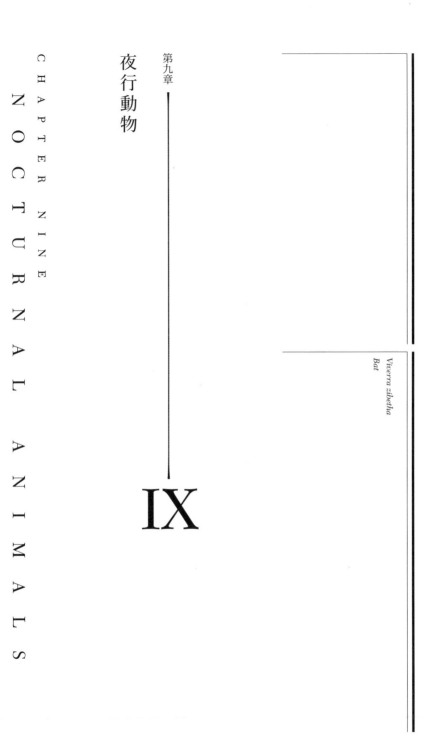

生物多樣性是人類賴以生存的物質基礎。據估計，當前全球動植物的滅絕速率是化石時期的一千倍。生物多樣性銳減的原因，主要有全球氣候變化、環境污染、外來種的侵入、生境喪失和生境破碎化等。

根據氣候研究，由於大氣中溫室氣體持續增加，以及臭氧層不斷被破壞，估計至二〇五〇年，全球平均氣溫將上升攝氏零點六至二點五度。至二一〇〇年，將提高攝氏一點四至五點八度。隨著氣溫升高，水的蒸發量大增；暴風雨、強颱風等極端天氣的發生機率將大幅度增加。

氣候變化使生物有機體的數量、種間關係、分佈格局發生改變。一如某些論述，你開始在研究點發現一些向高山生長的低地熱帶植物，並為此感到不安。植物貌似不動，但事實上，植物群落的成長，在空間上是運動的。隨著氣候暖化，品種的分佈將向高緯度和高海拔移動。它們利用能「攀爬」的根和會「移動」的種子，不斷向上逃走，遷移至合適的生存環境，然而，這絕對不是好現象；因為低地熱帶植物會與原來的高山植物競爭，侵佔它們的生存空間。部分原生高山品種甚至因遷移的速度趕不上氣候變化的速度，最終難逃消亡的厄運。

不單植物，動物群落的分佈亦隨環境改變，例如螞蟻。溫度隨年上升，酷熱日子愈來愈頻繁，石丘、草地、灌木林沒有高大樹冠保護，生存環境變得更苛刻，螞蟻品種漸漸傾向單一化，最後只有適應力高的才可存活。

與此同時，因應季節性的變化，一些風向的改變，也會把北方恐怖的污染空氣帶來南方，現在，連高達六百五十米的山上，竟也沾染了文明的塵埃。

作為一個隱居深山的研究者，你不想遇見的情況終於發生：週二，在一個煙霾籠罩、令你難以正常呼吸的下午，三個人在你屋子附近徘徊，左攝右拍，獲取不同的動植物標本。兩天後，同一批人再次出現，在你研究範圍內的數個山頭逗留了個多小時。

當夏花再次上來時，你向她表示你的憂慮，以近乎質問的語氣跟她說：「我不希望在文章未完成的情況下，研究點的任何資料被公開。又或是有太多人來訪此地，對物種造成不必要的騷擾。」

她搖搖頭：「我沒有。我從來沒有將這裡的事告訴任何人。」她低聲說：「你第一個便懷疑我。」

「抱歉。我錯。」你拉了椅子坐下來，眺望窗外。

「我很緊張，也可能我過分緊張，這不是我一個人的事情。這個地點、這份研究的提綱是師父過世前留下的東西，儘管他已離開，但我早就決定加上他的名字。」

你低頭轉著桌面上的鉛筆，又在筆記本上重複畫點點。她伸出纖細的手指輕梳你的髮，吻一下你的前額，你紅著臉：「抱歉是我心情不好。」

心煩的夜裡，你獨行。

黑暗使你警戒，磨利著你的意志，你偃伏平滑堅硬的石頭表面，把指甲磨至鋒利，無意識地伸出爪來，在旁邊黃牛木緻密的樹幹上，拖下一些煩躁的刮痕。

忽然你聽到森林中的異動，用手電筒掃射，漆黑中反射出兩點紅光，那是動物的眼耀。牠頸部有三條黑白相間的波狀紋，尾部有黑白色環紋，無可置疑是食肉目的大

靈貓。儘管受到強光照射，牠並沒有馬上離開，對人類顯然不甚懼怕。牠甚至一邊凝視你，一邊伏下來，忘情地以下體磨擦樹椿，繼續留下挑情記號；混合著興奮喜悅與狂暴慾望，有部分也感染著你。

靈貓雄獸在睪丸與陰莖之間有囊狀腺，能分泌油質液體，稱為「靈貓香」。在泱泱大國裡，靈貓的毛皮可製成裘，分泌物則是香料的重要原材。牠們因擁有極高經濟價值而受到狙擊獵殺，或於被捕獲後畜養於小籠子裡，每隔一星期，遭牛角製的小匙強行插入囊狀腺中，採下濃厚的油液狀分泌物。

森林中的動物大多獨行，在靜謐中你們兩隻雄獸對峙，緊張狂喜。世上的相遇可會有它的意義？百多年前，外地船隻進佔此城，好奇的外籍動植物學家闖進陌生的高山和濕地，搜索從未見過的一切，追蹤並記錄往昔原居民千百年來未曾留意的物種。此

Viverra zibetha

大靈貓

靈貓科 Viverridae

身體比家貓大，總長超過一米；毛色灰黃，有黑白環紋和斑點；雌雄獸的陰部附近均有囊狀腺，分泌油質液體，稱為「靈貓香」。生性孤獨，夜行性，見於森林及灌叢。主要為肉食性，吃鳥類、蛙類、蛇類、小型哺乳動物、螃蟹、果實等。具地域性，喜歡於樹樁、岩石上摩擦陰部以留下記號。在香港已判定為野外滅絕（Extinct in the Wild, EW）。

後，千千萬萬種嶄新的相遇從此展開……

當你抽出相機，向牠潛近又潛近，想要如往昔動植物學家對罕有物種作個關鍵記錄，大靈貓隨即轉身逃去無蹤。靈巧如牠的名字。

心煩的夜裡，她獨行。

她拿著手電筒掃射，不自覺穿過密林，再次走到那個天然水晶山洞。她伸手撫摸旁邊堅硬的石頭，一直步向山洞盡頭，那裡有一塊天然岩壁，壁身濕涼光滑。

身處洞穴深處令她感到安心。「太古之時，穴居野處」，大量人類化石和石器於洞穴裡被發現，從考古學的角度來看，幾乎全世界各地的古人，都曾將山洞作為擋風遮雨的居身之處。

幾隻灰黑色蝙蝠在她頭頂飛過，就在此時，她按著胸口，開始感到心臟不適。

心臟「突突突突」亂跳，她知道自己的解離症即將發作，於是側身躺在地面。手電筒也倒在地上，照出她蒼白異常的臉色。右手按壓左胸，喘息不斷，現在，她瞳孔放大，開始感到抽離，她知道，接下來，整個感官會慢慢地消退，就像在岸邊乘搭一艘木船，當大海退潮，船就漸漸飄離了岸，隨浪濤搖晃去到海中央。

她感到心臟無比難受，用烏黑長髮蓋住自己眼睛。她恐慌地以左手用力揑著右臂，企圖以痛楚換取存在感，用尖銳的指甲細細揑出一粒粒瘀傷，結果不消十分鐘，留下半臂鱗鱗的血紅傷痕。

她又嘗試發出「啊……」的聲音。剛巧這裡的岩壁是很好的聲音反射體，把她的聲音擴張開去，又反彈回來。聽見自己的聲音令她安心，於是又開始有意識地唱起歌來。慢慢地，洞穴空間盪滿歌唱的回音——回音是障礙物對聲音的反射，聲波在遇到堅硬障礙物時，有部分會反射回來，形成回聲。藉著聲波反射，她做出了如蝙蝠的回

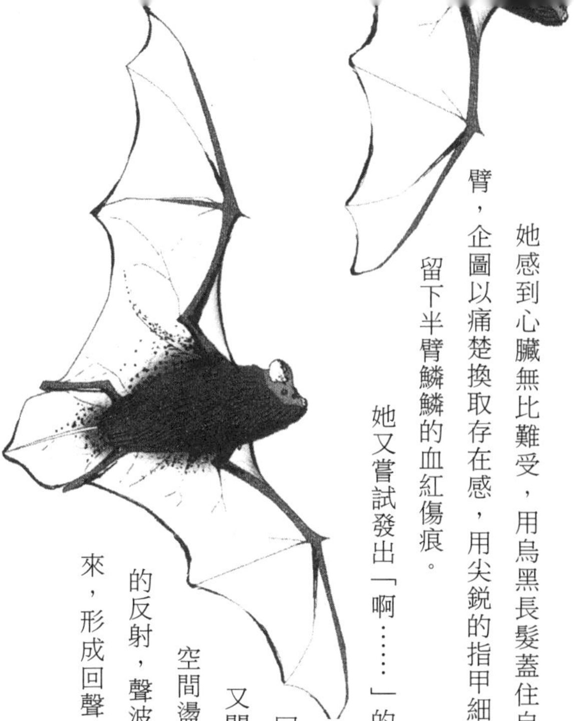

Bat

蝙蝠

翼手目 Chiroptera

翼手目動物的通稱。夜行性，通常為群體活動，主要棲息於洞穴、樹洞、森林中，一年繁殖一次，妊娠期約二至六個月。分佈在熱帶和亞熱帶的蝙蝠多以植物的果實為食。牠們視力較差，常發出超聲波探索獵物，多在空中捕食。

聲定位的效果，成功確認自己的存在。

她的醫生曾告訴她，世界上大部分人也曾經歷相似的自我抽離症狀。尤其經歷過嚴重創傷者，當她或他回憶災難，或會突然迅速抽離，割斷聯繫，像事不關己。這樣的心理狀態如同把「自我」安置在一個隔離保護室。

但靈魂長期被掏空，情感變得支離破碎。當她在山下生活，感覺自己像具行屍走肉……肉身的齒輪仍在工作，但是那個至關重要的本質，那個「我」，早已不知所終。

她身處一種持續的哀傷中，確實感到世界和她之間出現一道巨大裂縫；枯坐在某時空裡，是一株正在死亡的植物，而又彷彿早就分裂出另外一個她，靈魂出竅似的，在旁邊見證並哀悼著自己的凋萎。

然而，從我這個觀察者的角度看來，她的行為舉止就像其他任何一個正常人：在一個雨天撐著傘子獨自在山邊徘徊，在一個夜裡為你煮麵條，在一個陽光明媚的上午待在你身旁繪畫盛放的茅膏菜。但為了感應生命，她必須比別人動用更多、甚至竭盡全身力量，一筆一畫，刻出俐落不糾結的線條，來證明自己的存在。

Gastrochilus japonicus
Habenaria ciliolaris
Eria gagnepainii
Platycladus orientalis
Blastus cochinchinensis

第十章

X

珍稀植物

CHAPTER TEN

RARE AND PRECIOUS PLANTS

Gastrochilus japonicus

黃松盆距蘭

蘭科

Orchidaceae

附生蘭。植株高約十厘米，莖短，葉子二列互生，葉片呈線狀鐮刀形。花梗自下方莖部葉鞘抽出，著花四至十朵，花色亮黃，唇瓣囊距杯狀，囊距開口成橫向橢圓形，白中帶黃，並有紅斑，邊緣不規則撕裂狀。花期在七至九月。在香港已判定為野外滅絕（Extinct in the Wild, EW）。

八月來臨，種種珍稀蘭科盛放，先是一些斑葉蘭，緊接是玉鳳蘭和毛蘭。

黃松盆距蘭屬於附生蘭，附生在石屋旁的樹上，是最顯然易見的品種。要見**毛葶玉鳳花**也不困難，生於海拔七百米的溪邊林蔭處，你們自屋子往上走二十分鐘即能到達，它們具稜的花葶上長著奇特的綠色花朵，唇瓣呈絲狀，向上彎曲。

最為珍稀的香港毛蘭，其群落所在位置亦最複雜難尋，它們長在石丘對上一排崖壁的頂部。為了與盛放的花朵會面，你們必須冒相當大的險，甚至要特地為旅程先做預備，帶上水樽和手套，背著相機，蓄勢待發。

盛夏陽光比想像中更毒烈，烤出一背脊的汗，轉眼又把汗水蒸騰乾了。終於連帶來的水都喝光，你們只好蹲在水量極其微小的濕石壁旁邊，拾起一片光滑葉子，輕輕架放在樽口與石頭間，收集自石縫流出的山中甘露，靜待，滴水把水樽填充至半滿、最後完滿。

攀過多少個山坡、跨過多少塊巨大石頭？你們慎重地停在某個危崖的邊緣；腳下石塊時有鬆動，為免她意外墜下，你緊張地把矮小的她在崩壁間捧來抱去。邊喘邊走，筋疲力盡，你給她指一指，最瑰麗罕有的花，原來就在身旁。

你們不談彼此的未來，不討論愛，沒責任。你覺得就像動物的雌雄交往，無比輕鬆。只是有時略嫌太輕。她說的話沒有什麼正正經經的含義，有時你甚至只是笑笑點

Habenaria ciliolaris

毛葶玉鳳花

蘭科

Orchidaceae

地生蘭。植株高二十五至六十厘米。莖直立，葉片橢圓狀披針形。總狀花序六至十五朵花，花葶具棱，花白色或綠白色，苞片邊緣具細緣毛；中萼片寬卵形，側萼片強烈偏斜，花瓣斜披針形，唇瓣基部三深裂，極狹窄呈絲狀並向上彎曲。花期七至九月。在香港已判定為野外滅絕（Extinct in the Wild, EW）。

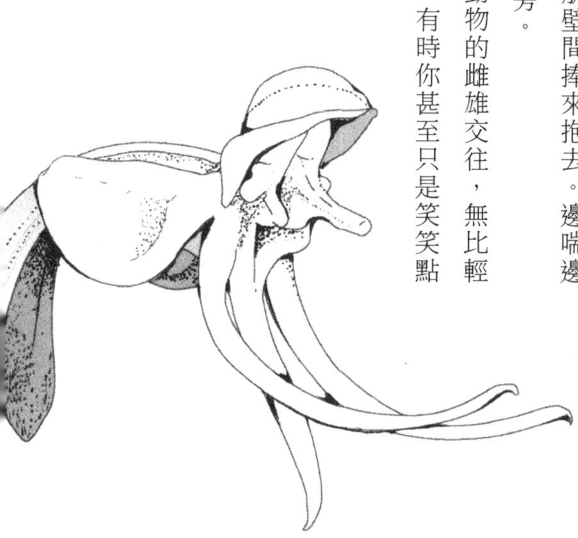

頭而幾乎沒聽。但每當你側耳傾聽那絮絮言語，便彷彿在仰望遠方浮雲，總有一股悠然的舒適感覺。

她某次說她其實是園境師，工作的地方有一座興建中的花園，是自然保護區所延展出來的一片私人土地，旁邊有高生態價值的泥灘。而她正在做些與良心違悖的事情。公司把土地破壞，剷去大片紅樹林，胡亂平整土地，原來綠油油的泥灘，不少地方已經光禿禿。之後又打算興建木橋，搭起組裝屋，放養人工繁殖的外來螢火蟲，在巨型玻璃櫃養些青蛙和蛇，樹頭上鎖繫鸚鵡和貓頭鷹，欄杆內放些黑草羊；接著舉辦一些「生態導賞團」，「打造生態旅遊」，然後說那是「保育」。

你沒好氣隨便答話：「那就辭職了不要做。」

她白一眼說：「我還要交租。」

然而你很快便察覺她的確有一種植物的天分，有時你轉身回望，即會發現她總愛在巨大的森林中迴轉，看東望西，時而蹲下，走在陽光細碎的縫隙中，沉迷地尋找當中的微小花朵。她習慣以鼻子感覺空氣濕度的微妙變化，以指尖直接觸摸石頭和泥

土，運用她所有感官與直覺，探索適合植物生長的生境。

此城每年平均總雨量約為二千四百毫米，高山附近則經常超過三千毫米，其中大約百分之八十的雨量在五月至九月間錄得。夏天暴雨的日子無法外出探索，就只能一天到晚窩在屋內處理文件。

夏花拿起那一套幾冊、厚厚的植物誌，在床上翻著科和屬。翻了半句鐘後又拿起你桌上的文件夾閱讀；她總是很認真地看你新寫的文字，令你倍感欣慰，但那些冗長複雜的字句往往會讀得她又睡又醒。

雨聲在外面始終響個不停。她夢與醒之間總喜歡在你耳邊像鳥兒喁喁細語：「大概連昆蟲也躲起來了」，一會又問：「花蕾有沒有被打壞了？」你用被子裹她的身體，朦朦朧朧地對她說：「不要問外面的東西，妳有時也來描述自己。例如，妳住什麼地方？

Eria gagnepainii

香港毛蘭 蘭科 Orchidaceae

多年生附生或岩生草本。根莖匍伏，假球莖棒狀，直立，頂端具二枚近對生的葉片，橢圓狀披針形，革質。總狀花序具花五至十二朵，花淺黃色，萼片外側具紫紅斑點，花瓣略短於萼片，唇瓣大體呈卵圓形，三裂。在香港已判定為野外滅絕（Extinct in the Wild, EW）。

妳在哪裡工作……有沒有喜歡的歌手？家裡有沒有養寵物？」習慣了她夢話似的胡言亂語，直到此刻才發現，你顯然對真正的她一點也不認識。

然後她顯然什麼都不肯說，就這樣徑自微笑著，或是答些胡扯混帳的答案，最後為避免你追問而騎在你身上，捧著臉啃吻起來。她微垂眼皮，神情看起來非常迷離，你三兩下褪去她的衣物，像對待一隻需要環誌的小鳥將她翻騰擺佈。

你們邊玩邊做邊嬉鬧，你在她體內柔和擺動，恍恍惚惚間睡著了、醒來、動幾下又擁抱著睡。睡醒了你或她就去煮食，煮好了就在床上吃，盤子餐具「乒乒砰砰」隨便放在地上，吃飯復睡覺，醒來又進食，就這樣迷糊地虛耗整個週末。

她是一個美麗溫柔的容器等待你去填滿，那麼依人乖巧，發出一串絮絮附和的動人回音。纏綿後你醒來，失落地發覺又失去她了，明明你把她抱得那麼緊，明明如此貼近連體溫也變得相同，怎麼她從懷內溜掉你卻不自知呢？天色早已全黑，戰戰兢兢地往小澗方向走，靠著手電筒的光芒，終發現她把自己縮在一棵樹上。你才又鬆口氣。

夏花赤腳攀到樹上吹夜風，她個子小小的，善於把自己隱匿於一些罅隙。在離地六尺的樹椏中，蜷躺身體像正在結蛹的蝴蝶幼蟲，「妳怎麼躲在這裡啊？會冷。」她閉眼幽幽地說：「曬月光，看兔子。」

「本地並沒有原生兔子。」

她指指天上圓月：「月亮上面有。是我的鄰居。」

「那妳是嫦娥？」你沒好氣地問。

「不呢，我是輝夜姬哩，輝夜姬你聽過嗎？」

「沒有。」你搖頭。

「在月亮犯了罪，變成三寸小嬰兒躲在凡間的竹子裡面。後來一個老翁在竹子芯裡發現了她，便帶回家去撫養。只消三個月，」夏花舉起三隻手指比劃著：「只消三個月，女嬰就長成妙齡少女。因為長得漂亮，塵世間的男人都想得到她，終日在老翁家周圍徘徊。」

「那很煩人。」

「對！癡漢很煩人。輝夜姬提出只會嫁給能夠找到『傳說寶物』的人，然而，求婚者最後都沒能如願！為什麼呢？因為她口中那些所謂『寶物』，都是虛構，都是她胡扯杜撰的。」

「哦……」你偎著樹幹沉吟：「那麼，我要如何才能獲得輝夜姬的心？」

「什麼都不需要。因為她根本沒有想要的東西。」她笑了，笑得又認真，又不認真。

你頓了頓，無法辨識那是知足或消極。

她說：「你知道嗎？其實你是常青的**柏樹**，我只是你一季的夏花。」

她身後有山風「嗚嗚」吹，你好像聽到受傷的聲音，前走兩步，把她從枝椏間抱下來了。她攤坐在石上是那麼矮小，你要彎下身才看到她淚流嚶泣的臉。像一扇清澈透明的窗戶，只有碎裂時才變得可見，你第一次看到她哭，忽然覺得她真是夏季之花，某種脆弱的一年生草本。

「噯……又不是樹又不是花，怎會這樣比較？」你拖起她的手背吻著說：「妳埋怨我只顧窩在這裡工作，不跟妳下山拍拖睇戲食飯。」

她掛著淚「吃吃」地笑：「我哪有投訴過？不是的。」

你跟著她笑起來。無比溫柔地輕摸她的頭：「會保護妳。會讓妳幸福的。」

夏花垂下眼，久久才露出微笑表情，卻又慢慢搖頭：「沒有用的啊。」

她抬頭望天上的月，幽幽說夢話似的：「昨晚初十五，我抬頭望月亮，覺得不是太圓，今晚忍不住又來仔細地看，覺得十六夜的月亮其實也是不圓滿。」

她口中那缺陷的圓一直寄居在你心內，直到翌日你站在路口送她下山去，那缺陷的影子仍纏繞著你。

而你的惡夢終於成真，那次下山之後，夏花自此在你生命裡消失；下一星期、下一個月、甚至兩個月，她均沒有重臨再訪。

天空蔚藍一片，十月末，艷陽下一個不經心的抬頭，瞬間你眼中世界只剩光與暗，黑與白，世界頃刻向四方散開成片片細碎。明明這仍是萬物蓬勃

Platycladus orientalis

側柏

柏科 Cupressaceae

常綠喬木。樹皮淺灰色，條裂成薄片；枝條開展，小枝扁平，排列成複葉狀。葉全為鱗片狀，交互對生。雌雄同株，毬花生於枝頂。毬果熟時開裂，卵球形，直徑一點五至二厘米；種子長卵形。花期四至五月，當年十月毬果成熟。

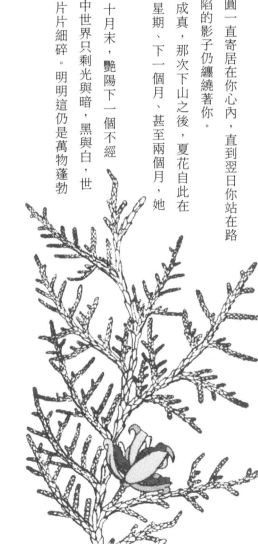

的季節，明明，有那麼多的重要數據必須整理卻無法動手；你注意到樹上的獅子尾飛快成長，方發現時間不自覺地流逝了許多。你想起你們當初曾經一起以低角度觀察樹梢的攀援植物，然後陽光穿透密蔭樹冠，灑到她若無其事的臉上。

你現在非常後悔，你早該注意充斥在她眼裡的某些朦朧碎片、望向遠山時的異常沉默、那些如幻變雲朵的莫名其妙的淺笑。你經常忖度你們最後的對話，擔心那女孩會否有什麼絕症，或終於在某次上來小屋的途中迷失方向，成為蒸發人間的失蹤人口。你注意她 WhatsApp 停滯於某個最後上線時間，打過去，電話帳戶經已停號。

十一月，疲憊的你淡然舉頭，忽然發現秋雨已連續下了幾天，一轉頭，雨點把路溶掉，高低不平的地面足跡被徹底磨平。

十二月，身後枯黃的草堆發出「沙沙」聲，回頭，你以為你的夏花回來了，原來只是清風作弄。空曠山嶺還是空曠山嶺。

某夜，你又夢見她把衣服逐一脫掉，裸身站在小水潭中，她低頭望向水中浮動

的月影，靠著皎潔但不圓滿的缺陷月光慢慢洗身子。這時她身上每一道傷痕都顯然易見。你涉水走過去把她拉回岸邊，半跪著凝視雪白身軀上的瘀青；如一朵朵菇菌長在朽木上，是那麼不健康的表現。你吻她乳房上的瘀痕時，一滴水珠落到你鼻側，你抬頭，夏花低頭望住你，表情仍是清清淡淡的，淚珠卻一顆接一顆聚在下巴，冰涼地滴到你臉上。

早上的地板總是潮濕，有濃重的郊野濕氣，遠看其實是整座房子浸在迷霧裡。她的消失令你在清晨開始出現幻覺，總覺得她曾赤腳走在冰涼涼的地板，在滿屋留下淺淡的足印。

你推門踏出屋外，凝視柏拉木葉尖上晶瑩剔透的水珠。你緩步走，寒涼的小水點就在手邊腳邊游弋，頭髮和衣服被霧水沾濕，該走向左或是右的分岔小徑？完全無法思

Blastus cochinchinensis

柏拉木

野牡丹科 Melastomataceae

灌木。葉對生，長橢圓狀披針形，基部三出脈，全緣或具不明顯淺齒緣，兩面被短毛。花小，腋生或頂生；披針形花瓣四枚，雄蕊四枚，花藥先端漸尖，孔裂；子房下位四室，胚珠甚多。柏拉木幼苗期會長出斑葉，可嚇阻草食動物，達到防禦作用，具有演化適應的意義。

考己身的方向，你漸漸化成一隻隱山的幽靈，迷失在孤獨的濃霧森林中。

第十一章

XI

越冬蝴蝶

C H A P T E R E L E V E N

O V E R W I N T E R I N G B U T T E R F L Y

全球暖化增加極端天氣的頻率和破壞力；颶風、酷暑、嚴寒等極端天氣事件，近年來竟然幾乎成為常態。年初，美國中西部受極地渦旋侵襲，氣溫低見攝氏零下五十度。與此同時在地球的另一端，澳洲遭遇熱浪襲擊，錄得達到攝氏四十五度的高溫，火辣的太陽燒得人無法睜開眼睛，公路被曬至溶化，多地出現山火，牛馬牲畜及狐蝠熱死。

據說，在你研究點對落的河口，一片巨大紅樹林突遭破壞。那兒是研究點範圍內某條溪澗所延展出來的一個小灣，高山有水，於山谷中匯成清溪；然後細水長流，在清澈流水匯入蔚藍大海前，平緩的地形令水中沉澱物卸下，形成一片高生態價值的泥灘。

現在，那一整片泥灘上的紅樹林已經消失，估計最少五百棵紅樹遭破壞。四周殘枝處處，露出人為砍伐的齊整切口，地上堆放大量建築物料，留下工程車輾過的交錯車痕，人們卻諷刺地發現該處掛有「生態綠化工程進行中」的告示。本來，該區的紅樹林普遍有五米高；本來，茂密的紅樹林給予野生動物屏蔽護蔭，現在生境遭破壞後，離開的動物或許不再回來。

據說，我城最北端的邊緣地區有大片「綠化地帶」被非法填土。近年發展商常把土地「先破壞後發展」，把有價值的綠地非法倒上泥頭，讓動植物活活被淹死，通常此時政府部門會發出「恢復原狀通知書」，惟到最後地主大多只會象徵性地移走土面物料、胡亂種植雜草了事，原本生態根本無法逆轉復原，死了滅了，幾年後便被申請改變土地用途。

據説，一個人工海灘鋪設得如火如荼。你記得多年之前，遠在工程開展前，環評報告指該泥灘的生態價值不高，潮間區只有三十種物種，旋即引來生態愛好者質疑與不滿；他們自發組織考察團，一年下來居然被他們發現了超過二百物種，後來更累積記錄到超過四百品種，確認當地是海洋生物的培育搖籃。但結局又如何呢？圍欄被架起，挖土機進場，天然泥灘改建為人工沙灘的工程宣佈開始。

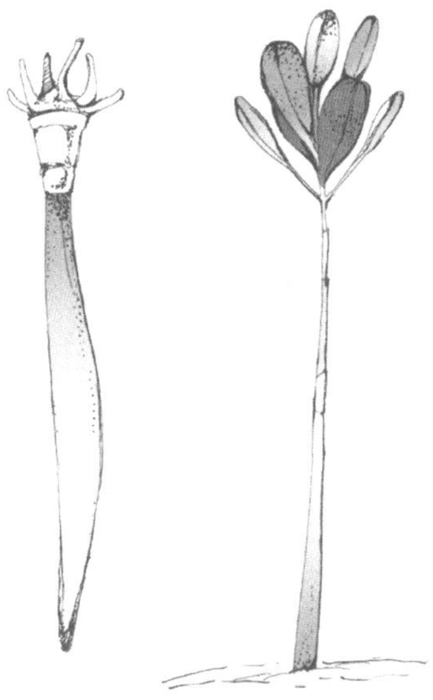

紅樹林

Mangrove

紅樹林 Mangrove

紅樹林是潮間帶的濕地生境之一，主要位處於河口交匯處的遮蔽海岸線上。因為生境不斷受淡水和鹹水的沖洗，以致鹽度、含氧度和土壤濕度變化不定，紅樹遂演化出板根、呼吸根、排鹽腺體來適應嚴峻複雜的環境。它們有重要的生態價值，根部為棲息的動物提供安全的庇護所，落葉則提供食糧。

移山造地、基礎建設、水電資源開發等大規模城市發展活動，直接割裂了物種生境的整體性和連續性，導致「生境破碎化」，正是全球生物物種滅絕的重要因素之一。現在，你親眼目睹生境破碎化的實踐過程：因著土地發展等人為干擾，一塊塊原來連續成片的大面積生境被分割，變成分散而孤立的島嶼，最終造成生境質量下降，甚至系統結構上的改變。

一月，研究點山下的工程正式展開，據說這裡即將興建每幢四十層高的屏風式大型屋苑，共八座，分兩期發展。你掩著口鼻，在飛揚塵土間避過地盤裡「轟轟」忙碌的推土機，於工程圍板之間的隙縫走過，從旁邊的斜坡走下一道廣闊的溪澗。在一月的乾燥冬季，水仍川流不斷；你踏著平緩但迂迴的支澗步行，在分源位置選取正確方向，終於在你研究點的下游山谷，找到那群神秘的冬天蝴蝶。

對於昆蟲來說，相較於溫暖的夏季，冬季在氣溫與環境資源方面顯然不足，因此大多數蝴蝶會以卵、幼蟲或蛹的狀態度過冬天。越冬斑蝶卻鮮有地以成蟲方式度過冬天。

你粗略估算這群停棲樹上的斑蝶有上千隻。牠們每年秋末冬初，由北方往南遷，聚集至溫暖的蝴蝶谷度過冬天，並在翌年二月至三月北返。這裡流水充足，大樹林立，既能遮風擋雨，也有充足的冬季開花植物，足以讓斑蝶停棲一個季節。

數隻蝴蝶在你頭上飛過，翅膀上黑黑青青的斑點閃爍揚動。你疲累了，躺倒在一顆平滑大石上休息。耳邊傳來不遠處打樁機具節奏的聲音，那種虛浮的噪音令你難受，彷彿受搥打的不是大地，而是你。

突然一陣急勁的冬季季候風吹過，搖擺了樹冠，原本聚攏一團的千隻斑蝶，現在紛紛飛散在半空。

Overwintering Butterfly

越冬斑蝶

斑蝶亞科 Danainae

斑蝶亞科物種均有毒。幼蟲大多以夾竹桃科及蘿藦科植物作寄主。本港有記錄的斑蝶共十三種。除金斑蝶外，所有斑蝶品種皆有群集越冬的習慣，牠們包括紫斑蝶、青斑蝶和虎斑蝶三大類。來自香港以北的地區，約十月開始南飛，在本地尋找較溫暖的越冬地，並在翌年二至三月北返。

你回憶初中時代，中文課堂上聽到的一則文學神話：從前有一天，莊周夢見自己變成了蝴蝶，一隻翩翩起舞的蝴蝶。他到處自由亂飛，非常快樂，不知道自己是莊周；一會兒夢醒了，卻是僵臥在床的自己。他感到如夢似幻，不知到底是莊周做夢變成了蝴蝶呢，還是蝴蝶做夢變成了莊周。

你目擊完美整體瞬間破碎成諸多零塊，感到不安忐忑。青黑色斑蝶仍然亂舞，如永不落地的花瓣，眩目飛舞其實是某種擾敵的絕地求生方式。夏花已消失數月，你憶起她那夜蜷躺樹椏的模樣，幻想她是否於下山後結蛹，然後化成芸芸斑蝶的一員，以掩人耳目的姿態度過艱難的冬天。

原本側身躺著的你忽然想起什麼更重要的東西，猛地坐起來，從褲袋掏出手機，對照去年蝴蝶谷的 GPS 位置，發現確實有了新的變化——大概因為工程開展，導致騷擾，牠們往內陸橫向遷移了一百米、往山上縱向遷高了三十米。

以你所認知，我城幾乎所有物種——包括越冬蝴蝶、包括植物、包括稀有動物、甚至人，全部都有向山上逃逸的趨勢。

Lichen
Desmodium heterocarpon
Desmodium reticulatum
Magnolia championii

第十二章

山上

XII

CHAPTER TWELVE

ON THE HILL

相隔數個月，你在研究文章中提到研究點下游山谷那群越冬蝴蝶，為此你終於翻閱那堆很少接觸的蝴蝶書籍。最後，在她消失的第九個月，當你翻閱某本有關蝴蝶與寄主植物的圖鑑，一張被雨水徹底淋濕之後又乾掉的名片從裡面跌出，黏在早晨潮濕的地板上。

同日黃昏，你站在一家地產發展公司的門口。你記得這家發展商最愛收購並囤積郊野邊陲的農地。

你凝望建築物後方橙紅色的黃昏天空，慢慢被紫藍夜色所染指，據說，這是風雨來臨的先兆。四周彌漫平地的渾濁氣息，車水馬龍，這麼多的人和車令你窒息。你渴望的理想生活是什麼？其實像中學課本裡的陶淵明，有一塊小田，旁邊有一所小屋讓你進行研究就好。你但願永遠活在山上的美麗淨土，不要過多物質或養分，城市裡複雜的資訊足以淹死你，從根部開始蠶食發黑，不消多久，整個靈魂溶化瓦解。

結果你沒有等到她從公司門口走出來，便轉身回去了。你還沒有準備好見到她時要說的話。

翌日午後二時，你再次出現在她公司前，鼓足勇氣推開玻璃門，在接待處放下那張幾近發霉的卡片，說要找「楊小姐」。接待處身穿套裝的女士說：「她正在搬家，請了一星期假，但說今天回來放下一些文件。」

「有沒說幾點回來？」

「沒有，只說下午。你要留 message 或文件給她嗎？」

你搖搖頭：「謝謝，我再聯絡她。」便失落地走出門口。但你這次並沒有真正離開，你就在她公司不遠處倚著牆壁等待，像等待一隻已離開好久好久的夏候鳥。

她半小時後就在你面前路過。她當時抱著文件以小跑的步伐走進公司，並沒注意到你。

她的長髮的確變得更長了，因為是私人假期關係而身穿便裝，卻也塗上淺色的口紅。

你在原地耐心地等待，反正你已等了九個月。

但五月的陽光也足夠熱燙，烤得你額角出汗、整個背脊都濕透。

十五分鐘後她推著玻璃門離開，你緩緩走過去，攔她的路。她抬頭，終於與你四目交投。

而她第一反應竟然是轉身。

你眼明手快，一手便把她拉住，像捉一隻青蛙或一條蛇，隨即把她壓到牆邊。她強烈掙扎著，是隻不安分的小獸，你總要那麼用力把她抓緊。

「妳太過分！妳怎能避我？」

「我忙搬屋。轉了電話號碼但沒通知你，是我的錯。」

你放開了她，還是感到非常氣憤：「妳片言隻語不留下，消失大半年，害我失魂得幾乎把工作停掉。」

她露出驚訝的表情：「你是科學的人，怎麼能讓情緒和私情壞了重要的研究？」

「我又不是聖人，怎能沒情緒？我對妳認真。」

「但你實在不能對這段感情認真。」

你緊緊跟著夏花，說要幫忙搬屋。她皺緊眉頭什麼都不說，她進地鐵站你就跟著上車，她轉左你就轉左，她過馬路便跟著過馬路，她進升降機你就緊跟著，最後，她把你領到一個小屋苑的單位，燈「啪」一聲亮起，室內幾乎是空的，大部分物件已被搬走。

夏花收拾工作房而你負責廚房。你把焗爐和微波爐搬到鐵車上，逐一以繩子固定好。然後打開廚櫃，發現裡面幾乎已被清空，只剩角落一套茶具；搬下來，又放聲問：

「這套茶具還要不要?」把盒子打開，原來是結婚奉茶用的囍字茶具。你看著那鮮紅色茶具上金色的中式文字和圖騰，龍和鳳，看得又呆又迷。久久才發覺她早已站在廚房門前，正觀察你凝視結婚茶具時的驚悚表情。

你們目光相遇然後迅速錯開。你屏息，夏花輕歎一口氣，說:「我一年多前已跟他分居了。」她把大疊書籍搬到另一架手推車上，續說:「只是現在租約期滿，我也必須搬走。」

你把那套簇新的茶具顫巍巍地捧出單位，推開防火門，丟到走火後梯。放下一刻竟不小心滑了手，沉甸盒子落地發出「呯」一聲的巨響在空間迴盪!你嚇一大跳，心臟前所未有地「突突突突」亂跳。

回去看到夏花站在廚房暗角，背對著你。你隱約聽到喘氣與輕泣的聲音。你走近她，從後擁抱她，她伸手擋開你，小聲說:「你是純真的人，而我早已不是。」

她用雙手環抱自己，形成一個你無法進入的空間。喉嚨充斥某種無法名狀的苦澀，使你久久不能言語。

你幫她把東西搬去街尾另一個較小的單位。你們一人一輛手推鐵車放滿雜物，螞蟻搬家地推了幾回。由大白天搬到日落之後。

燈影挪移，你始終沒有追問她史詳細的過去。

好不容易把大部分東西都移到新居去。城市裡，異常侷促的空間感令你汗流浹背、難以呼吸。走到浴室，扭開水龍頭用力洗把臉。你此刻靈魂就像地衣孱弱，無法在污濁之地活存，必須馬上返回山裡休養，刻不容緩。

你說：「我們上山吧。這時候，溪邊那幾棵木蘭在開花。」

你們就把所有東西通通丟在新居，她把皮鞋換上行山鞋，補給了水，草草拿取最原始的登山裝備，便出發去。

你覺察到當夏花背離城市燈光、開始上山，她便開始流淚，一直流個不停，像冬天的溪水涓涓長流。生活就是不斷的卑微妥協，直至無路可退，便上山去。氣候暖化令六百米以下的熱帶植物向山上擴散，與原生的高山植物競爭，因此高山植物必須一代代往山上繁衍，逃離絕境，但此城最高的山也只有九百五十七米——你們都能預視這些物種在我城消失的最終宿命。

高天掛有弦月一彎，旁邊星光無數。她把頭燈掛在前額，手一揮就亮著了燈。這

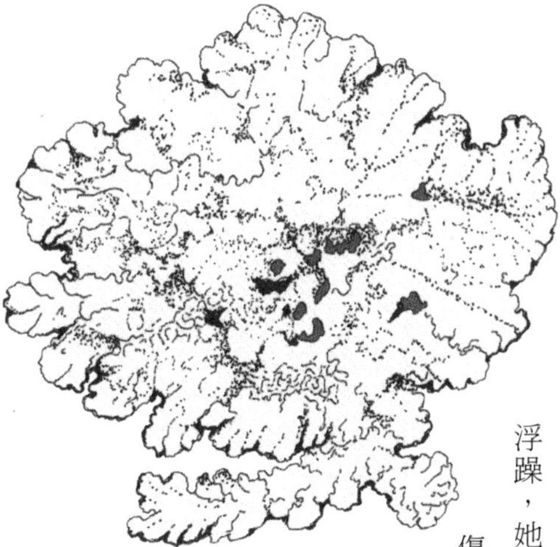

段上山的路，你自然比她熟悉一百倍，這次卻任由她走在前方，讓她拖手把你牽引上山。也許因為解離障礙、或恐懼、或浮躁，她開始在黑暗中放聲唱歌；嗓音悠揚美麗，惟有唱到感傷處，音調略不平穩。你們掌紋緊貼掌紋，彷彿把命運握在彼此手裡，地方天圓，波動的情感隨歌聲向四面八方擴展……你苦痛時靜默，她感觸時歌唱，山野間言語無用，嘻笑與哭喊皆無意義，但她仍然唱了。

終於走到需要手腳並爬的極斜坡段。你們必須鬆開彼此緊握的手。夜裡的石坡極難攀登，夏

Lichen

地衣

菌藻門 Mycophycophyta

地衣是真菌和綠藻或藍藻的共生體，長在乾燥的岩石或樹皮上。它是真菌與植物共生的結合體，是陸生植物中最為原始的族群。地衣對空氣污染物特別敏感；空氣污染物如二氧化硫可溶於雨水和霧水，當地衣接觸酸性水分，藻類的葉綠素分子結構便會改變，無法進行光合作用，最終死亡。因此地衣是最佳的空氣潔淨指標。

花不安地左看右望，呼吸變得極其急速，頭燈的光柱在漆黑中亂射。殿後的你說：「別回望！向後望也沒有用，往上爬。」漸漸聽到夏花哽咽的聲音，才驚覺語氣過分倔強嚴苛，趕緊伸手用力托著她的鞋跟：「不用怕。有我在後面backup。」夏花點頭，燈光上下輕擺。

萬籟漸寂，耳邊復只剩下衣物與沙石摩擦的聲音。夏花繼續緩慢上攀，指尖緊握冰涼而濕滑的石頭，兩頰沾染汗珠……喘息，跟大地前所未有地接近，她牙關打震，說：「我不回望。」

以山為結界，一上山天氣驟變，山頭彌漫迷霧，頭燈光度明顯不足，現在視線範圍僅有五米，只能見步行步。你緊緊望著那走在前方的矮小身影，那一個她，面對著你難以易地而處的障礙與難關，而你卻愛莫能助。夏花，妳如何獨自在生命的迷霧中判辨方向？親愛的夏花，妳如何在昏昏欲睡的氛圍中抓緊一絲求生意志？

爬至坡頂，幾近力盡，渾身濕透的你們倒坐沙地上，在黑暗中狠狠喘氣休息。雲霧漸退，天空重現如鉤新月，旁邊依稀有星光閃爍。星宿與地球相隔多少光年？那屬於過去時空的原始浮光，如心臟輕微躍動。大汗疊小汗地，晚風一吹夏花便冷得瑟瑟發抖。你從後抱她，指尖輕摸夏花冰涼的臉頰，卻無意間觸及她的淚。她側著頭，沾淚的睫毛揚動，閉眼，累倒你懷中；瘦幼的手和腳縮成那麼細小，拳輕握，恍若二人旁邊的豆科植物，假地豆或顯脈山綠豆什麼的，在夜間，小小的葉子都懂得下垂休息。

忽然她從你懷抱中掙脫，獨自站到旁邊小山崗，觀看黑夜裡無盡的山脈。接著你隱約聽到她吹金屬哨子的聲響，羸弱幼細的哨聲，連續六長響，是國際通用求救信號。

就像她在向山求救一樣。

風一吹你覺得蒼涼，髮腳都豎直。你突然想到什麼，也

Desmodium heterocarpon

假地豆

豆科
Fabaceae

亞灌木。枝條密披伏毛。葉為三出羽狀複葉，頂小葉長橢圓至倒卵長橢圓形，上面無毛，背面被灰毛，先端圓形至凹形。花粉紅色，密集排列。果為莢果，叢集並向上展開。生於山坡、草地、水旁、灌叢或林中。

Desmodium reticulatum

顯脈山綠豆

豆科
Fabaceae

直立亞灌木，高三十至七十厘米；葉為三出羽狀複葉，頂生小葉片長橢圓形，側生小葉片較小。總狀花序頂生，花序梗及花序軸均密被小鈎狀毛；花冠粉紅色至藍色，旗瓣寬卵形，翼瓣倒卵狀長圓形，龍骨瓣微彎。莢果條狀長圓形，疏被小鈎狀毛。生於灌叢邊或草地之間，花果期五至十月。

掏出自己背包中的金屬哨子，冰涼地含在嘴裡，輕吹了，三短響的回應信號。

你說：「我聽到的。」

她轉頭看你。你以為她會哭，但她沒有。

她垂著眼說：「沒用的。」

卻又微微一笑：「但謝謝你。」

她揹起背包又開步續走，步伐堅定，沒有恐懼。她是固執，是獨立，婉拒一切支援。你腦海不知為何忽然閃出一抹藍色，那是年輕石龍子自割斷下的一節藍色尾巴，在石頭上鮮活地旋轉跳動。

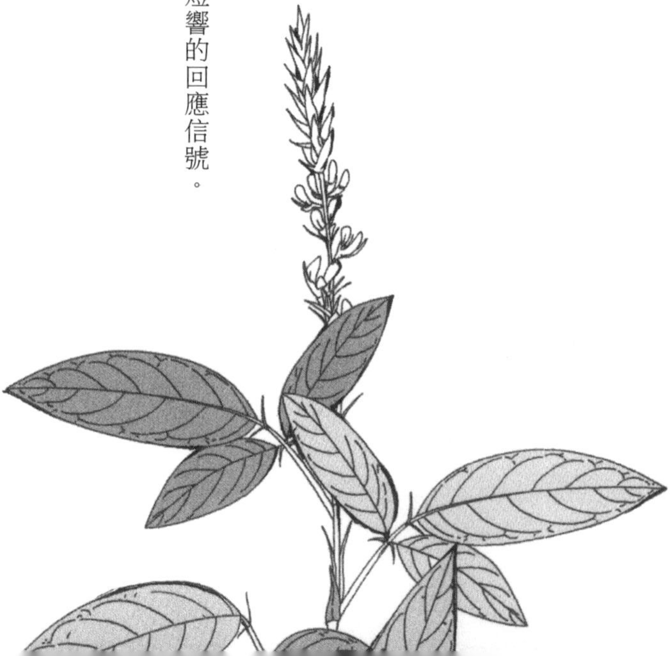

你們已經走到山中好深的位置，誰是主誰是客？山上的一切千萬年來早已塵埃落定，也許對於山而言，你和她都是破壞秩序的入侵種，騷擾著它的安寧；但山同時是寬大的，懂得寬恕，不論人有多污髒，只要你們橫過了溪，就是新造的人。

你指著溪澗的上游說：「木蘭在那邊。」

你們的鞋子進水後變得沉甸甸，於是你們索性脫下鞋襪，掛在背包旁邊，腳步頓時變得輕盈。

放下一切溯澗而上，榮辱悲歡與傷痛皆付諸流水。你們是夜蛾趨向潔白的木蘭花，撲找樹上一盞盞小明燈，在漆黑中數算著僅餘的福氣。夜裡芳菲凝

Magnolia championii

香港木蘭

木蘭科

Magnoliaceae

原生常綠小喬木。葉子狹橢圓形，邊緣起伏成波狀。花具有夜開特性。白色呈球形，芳香。屬香港首先發現植物，一八四七至一八五〇年間於香港島跑馬地首次發現。木蘭科素被認為是古老而原始的被子植物；花單生，不組成花序，花被片也未有演化成真正的花萼。

聚露珠，香氣四溢，山花有甜香。木蘭花日落後盛開，翌晨掉下花瓣，美麗圓滿於半夜、於漆黑、於遊人看不見的時刻。花開不為誰，掌握自己生存的節奏；草本植物一年生，亞灌木二三年，灌木十幾年，喬木數十載，樟樹幾百年，羅漢松有千歲。你們在老樹和山魅眼中永遠童稚。你們是大山吹過的一粒塵。頭燈亂射又像乍現的流螢，耗盡短暫生命所燃燒的、優美但無人看見的兩點隱匿山中的微光。

尋常人做錯了事，懇求他者寬恕，我們會作出補償和承諾以表歉意；而補償物的價值愈高，我們就愈不敢再犯。干犯極端卑劣之罪，那公價就是死，確是最高代價了。但，人死了就不能悔改；此時，慈悲的大神，還是讓我們有贖罪的機會，這就是獻祭：

「把一隻沒有傷疾的完美羔羊作為獻祭品，以換取神的寬恕。」

水 燃

靈　之

（一）

沒有植被，沒有有機物，就僅僅只是沙粒而已；土壤中礫石甚多，甚至根本不可稱為土壤。那大地，是一片沒有盡頭的澄黃，沙丘高低跌宕如靜止的海濤。炎陽下，金色的沙子過分耀眼，令她瑩潤的黑眼睛難以完全睜開。眼前是連綿不盡的沙丘和沙丘，只偶爾吐露出一些枯黃的草根，堅固的大岩石，和樹皮粗糙、形如火把的棗椰樹。

原本呆坐於大圓石頭上的丫沙娜，把赤裸的腳踝提起，慢慢套在，破舊的禾草拖鞋裡面。站起來，繫於右足的一串小銀鈴，隨著行走的步伐，發出細碎的金屬聲音。十九歲的丫沙娜抬頭；太陽差不多爬到中天了，一陣熱風吹過她深褐色曲髮，並飄起橙色薄紗裙的衣角。她走兩步，就停下來，回身喊一聲「喂……」，又揚起手上銅製的搖鈴，叮叮叮叮。

一羣銀白色的絨毛小羊起鬨著，團團擁到丫沙娜身邊去；三百隻羊兒引頸，牠們都結了項圈，上面一顆小小銀鈴泛出光芒來，跟丫沙娜腳上飾物款式相似。牠們伸耳、擺尾，跟在她後面走；是一羣乖巧的孩子，趨著小步，徐徐走到另一個草坡去。

丫沙娜和小羊們鬧哄哄地走過一個人口稀少的小鎮外圍。小鎮依傍綠洲建設，是方圓三百里內惟一擁有綠色植被和地表水的繁盛地區，孤立而肥沃。小鎮住二三百人，裡面有市集、小住房和果園種種，最遠端連接道路，據說能一直通到沙漠區外，那個有江有河的泱泱大國去。丫沙娜瞇眼，看著遠方的公路因黃沙飛舞而顯得若有若無……她呼了口氣，真的、假的啊？「有江。有河。」她一字一字地說，嗓音低沉而沙啞，大概是太過口渴的關係。

沙漠的交通往來，根本沒想像中容易吧？要是容易的話，不會每年只有廿幾輛車子來回啊……丫沙娜撥著褐色曲髮，又自語：「這地也太孤立了吧？也對，沙漠裡，沒有水，沒有正常交通，沒有文化，資源不足，落後……說到底畢竟是荒漠。」

忽然一顆灰色小石於眼前晃過，撞在丫沙娜腳邊的硬石上，「的噠」一聲清脆！身邊幾隻膽細小羊「咩咩」叫，後退著。

她飛快望向右方，又三兩顆小石子擲過來！丫沙娜側身舉臂去擋，感到其中一粒撞上手肘。她瞥見，兩個城鎮小男孩同時轉身逃走，兩對小布鞋在風中揚起土灰色微塵，不過是五六歲的小身影。

她和羊羣呆立高大城牆外圍、五米以外的地方，目送小孩轉到城鎮小巷的深處去。低頭，發覺影子很短，中午巨大的熱力把她曬得昏眩。丫沙娜眉頭皺得緊，伸手按摩發紅的手肘，又撥弄前髮，用力捏捏額角——今天的確特別累呢。

「走走走！」邊叫邊揚起手中銅鈴，叮叮叮叮，催促羊羣遠離不友善的小鎮，繞到更遠的地方去吃草。走在荒地上，盡眼只有單調的黃和褐色，現在，青草確實非常難找了；草地與另一片草地的距離愈來愈遠，幾年前它們明明是連成一線的啊！她記得，當晨風吹進綠洲，遼闊繁盛的青色草原還會漸次有序地、高高低低地擺動呢，彷彿草原也有自己的呼吸節奏。

「假如……假如今年不乾旱，大概不會出現這些無辜的衝突吧。」

垂下眼，她輕聲對某隻羊說：「牧羊本來很好，不是嗎？」接著捏捏羊的耳朵，牠濕漉漉的黑色鼻子隨即「呼呼」噴出氣息。「把你們餵好、梳好，絨毛長出來，就能賣不錯的價錢。」她俯身，撫摸另一隻羊的背脊。大城市的人都喜歡這些毛，高貴的金屬色，銀白銀白的，摸下去，卻是軟綿的質地。那些每年只有廿幾輛到訪的貨車裡面，其中兩輛，就正正為了羊毛而來。

「不用血腥宰劏也不用破壞砍伐，平和地養活自己，這不是很好嗎？」

丫沙娜淺淺微笑。十九歲的她自己一個，管那三百頭羊兒為生。牠們擁有纖細柔軟的銀色毛皮，是古代盤羊原生種的珍貴後代。沒有人知道，就連丫沙娜也不清楚，野生的羊兒何時開始被馴服、或如何被馴服。這永遠是個謎。盤羊是祖父傳給父親的遺產，兩年前，又由病重的父親遺給她。

丫沙娜讓羊兒吃沙漠零星的草。牠們盡吸大地養分，身上悠悠然，長出豐潤的銀色絨毛。

（二）

這似乎是數十年來最旱的季節，綠洲中心湖泊的水線前所未有地低下。

四周黑暗暗的，天還沒有亮，羊羣活潑地湊到湖邊喝水。丫沙娜從背上解下皮囊水壺，走到一角提取清水；因為水線底，身體必須比以往趨得更前。腳邊踏住陌生的、她從未見過的紅彤色岩層。周圍非常暗，湖面「咕嚕嚕」地冒出氣泡，水壺一下子滿了，心裡卻惴惴不安……又花幾分鐘走到湖泊另一端去；那個原本長年汩汩湧出清水、滋育整個綠洲的泉眼，果然愈發虛弱——因為附近地區這半年來，不曾下過一滴雨。

「丫沙娜……」回到羊堆時，忽然有人喚她名字：「丫沙娜……」

立在岸邊的丫沙娜微微一驚，轉身，「哦」地四處張望：「原來是小薇啊……」天沒有全亮，但仍勉強看出身形矮小的小薇的輪廓。年輕瘦小的女孩子皺了眉，輕聲說：「這麼早便放羊呢……」

丫沙娜苦笑了，低頭不語，凝望綠洲湖泊的水面，隱約倒映出天際紫藍色的雲彩。事實是怕其他人指指點點，說羊把草都啃光，才會趕緊在天仍是藍黑時放羊、飲水呢。

「丫沙娜……我……聽說了……」小薇頭髮很長很直，抿著唇支吾：「爹不准妳和羊羣接近果園的事……」

「放心，我不會帶羊去那裡的。」丫沙娜坐下來，摸著下巴：「別說妳父親的果園，就是連城鎮附近……現在放羊時也會刻意繞遠點。」弓起身，縮起腳，把頭擱在膝蓋上，幽幽說：「反正他們總是看我不順眼呢。」

嗓子壓得低沉，丫沙娜想說又不想說：「很無辜呢。我……到底做錯什麼了？」東面的天空開始亮起來，變成橙紅色。

小薇整理好粉紅色的紗裙子，也坐下來，矮矮的她一副孩子模樣：「沒有啊。丫沙娜從來沒做錯什麼……」她模仿丫沙娜的坐姿，說：「也許是因為懂很多……」

小薇很認真地說：「丫沙娜，真的懂很多呢。」

丫沙娜看看小薇，微微一笑，又垂下眼：

「其實我很蠢，又很渺小……不過是看過些書，才多懂一點點的。那些書跟羊兒一樣啊，也是父親遺給我的；他以前總是翻看又翻看，大概是好東西吧。是沙漠的人忙幹活，根本沒注意這些。」

（三）

坐在簡陋家中的木椅子上，丫沙娜整個背脊向後靠，抬頭，讓椅背剛好頂住後頸椎的穴道。桌上是奶酪、麵包，和小薇捎來的幾枚青色酪梨。她不餓，但還是拿一些吃了。推門，天還沒有亮。這半個月來，每天清早趁太陽未升，到湖邊放羊、提水或洗身子，每天都早去早回。

丫沙娜有一天過一天的，每天都有點心虛，現在只希望沙漠的雨趕快來臨……哪怕只是一點點也好啊，雨滴穿過透水岩層落入地底，順著潛隱的地下水道，幾小時內，就會匯聚到綠洲心臟去。

（四）

半夜，丫沙娜推開家門，正想踏出去，就看見十米外有一個黃色光斑微微晃動……是小薇提著一盞煤油燈，遠遠站在路口，燈影下，是煞白的臉。黑夜的沙漠很涼啊，她縮起身，摩擦自己的臂。一隻羊逗她玩。

羊羣看見主人，開始親親熱熱圍過來，小薇也跟著羊慢慢走過來，孩子模樣的她說「要嫁人」。丫沙娜呆了呆，回過神再問：「什、什麼？」

小薇低頭，無力說：「我只有十五歲……怎麼我的爹，這麼輕易就給我決定那些關乎我五十歲命運的事情呢？我不嫁……我不嫁……我不想嫁！我跟爹吵翻了，於是走出來……」蒼白的臉滑過兩行淚：「爹說，下個月要雇車把我載走，到城市出嫁。」

丫沙娜聽著聽著，眼皮重重的，暗暗歎口氣。

父親走後兩年，小薇是最親近的人了……

「假如我走了的話，那妳怎麼辦？天曉得他們會如何對付妳？ㄚ沙娜，妳知道嗎？知道嗎？聽說綠洲湖泊的泉眼已經完了！妳說過，泉眼死了的話，這綠洲兩個月之內就會完全乾涸！」單薄的手蓋住臉，嚶泣起來。

ㄚ沙娜擔憂地伸出雙手，向小薇走去，小薇也緩緩把燈放地上，迎上來，用力抱住ㄚ沙娜的背。小薇身體好暖，又說：「我愛的是妳，我才不嫁出去呀。」

ㄚ沙娜臉上是不可思議的表情。懷裡幼小羸弱的小薇痛苦地抽哭、抽哭，身體弓彎如生病的幼羊，抖得非常非常厲害，又一直哭泣不止……ㄚ沙娜表情很淡，皺皺眉，閉上眼，什麼都不想說，只默默把小薇憐惜地抱緊。

「嫁人的事，再找個機會跟爹平心靜氣地商量吧……現在不一定是盲婚啞嫁的時代了呵，儘管這裡落後……」ㄚ沙娜難過地扣住眉心，但還是笑了，輕輕捧住小薇細緻的臉蛋：「對於旱事，也別太悲觀，也許這邊會下雨，不，其實只要附近集水域下雨，綠洲泉眼馬上會活過來哦。」

「真的、假的？……ㄚ沙娜，妳沒騙我吧？」

「真的，不騙。書本這樣說。父親這樣說。史籍也是這樣記載。」

天色開始亮起來，絮狀的卷層雲靜靜泛了橘色微光。

丫沙娜把小薇牽到屋內讓她坐到木椅上，又左翻右翻。蹲下來，遞上一些乾果麵包和鮮羊乳，讓拭淚的小薇慢慢吃了。

吃過早點，她們手挽手，一道放羊去。手心傳來的熱度令人微笑。小薇看到丫沙娜笑了，於是她也笑了。一轉到路口，走在前方的敏感羊羣隨即騷動起來。那六七個果園男人似乎早在等著呢，還燃點了香煙。站在中間、臉頰蓄住蓬蓬黑鬍鬚的就是果園主人，即小薇的爹。丫沙娜趕緊把小薇擋在身後：「你們都是成年人，不要野蠻！」

接著一根竹竿垂直地劈落左肩，重重地把丫沙娜一擊打倒了。

「丫沙娜！丫沙娜！」一旁邊的小薇哭叫起來。她犯人般被兩個男人左右挾走。小薇的爹「啪」一聲，給小薇刮了一記耳光，又轉過身，指住丫沙娜斥責：「妳這巫女，妳和妳父親，已經不止一次，讓妖魅的羊吃光沙漠的草，令草從此不能再生長。你們過度畜牧、水土流失！沙漠化！」

「什麼……？」丫沙娜從他口中聽到種種地理詞彙，反覺得聽了個笑話似的；捂住左肩掙扎爬起：「哈！你真荒謬！」

「我那三百隻羊吃什麼會毀掉整個綠洲？荒謬！根本是你們更錯，你們早些年為了擴建果園，斬了整個綠洲的基阿維樹！基阿維樹是防風林，是沙漠的守護者，沒有它們，土如何抓得住？風沙來了，鬆鬆的壞土一吹就散！那些巨大的樹木你們通通都砍掉，一棵不留！改種不合適、不抓土的矮身果樹、棉花和玉米。」

丫沙娜瞪裂眼睛，緊握拳頭：

「合適就是合適，不合適就是不合適！移植不知就裡的外來品種也就算了，但你幹嗎要砍伐千年原生的東西啊？」

果園主人青筋暴現：「是改革！假如沒有果園帶旺經濟，這裡會成為城鎮嗎？沒城鎮，妳家羊毛如何賣？這就是經濟！是現實！」

手一揚，向丫沙娜狠擲一把沙。

沙子進眼的丫沙娜瞬間失去視力，眼裡只有鋒利的痛楚。她在地上蜷伏，聽到那幾個人踢著沙，邊走邊臭罵，聲音漸漸遠離。

（五）

百年一遇的大旱持續，趕盡殺絕似的。

最炎熱的七月，綠洲湖泊奄奄一息，萬物昏迷，岸邊青草全部枯萎。乾風吹動，一層沙霧散了，只剩下貧瘠的底土。

丫沙娜帶領羊羣，開始在偌大的沙漠尋找委靡的草根。她跟羔羊在鬆散的大地行走，走一步陷半步；大太陽把她曬得昏昏迷迷，每吸一口空氣都熱，水分向上蒸騰，乾裂嘴和肌膚。

這是一個傳說。大漠的野地一般沒有名字，但這裡有。燃水，傳說是黃河古道支流一部分，傳說，古時候的黃河水就從這裡嘯然流動過，遺下河道痕跡。也許正因為這個飄渺的不知是真是假的傳說，今天丫沙娜領羊尋草，受到媚惑牽引，不自覺走到二十里外的燃水古道去。

但她後悔了。

丫沙娜站在不熟悉的沙漠腹地，耳輪貫滿烈風的聲音，舉目盡是連綿沙丘，枯瘦的羊兒，印上一行行淺淡的足印，卻也是稍顯即逝。「我有做錯過什麼嗎？我不知道為何要遇上這種災難。」前方有一小羊跪倒地上，要站起來；牠，小口小口，喘息，咬緊牙關，大腿筋不自控震抖，又復無力地跪在地上。丫沙娜閉上眼，大太陽烤盡她身體內外的水分，她仰首呼一口氣，稍不留神就會在這天與地之間被蒸發掉。

「世世代代遊牧為生的民族，二百年前在沙漠遇險找水……幾十人在瀕死時刻跳舞祭祀，竟然，冒出一眼泉，水量很大，把偌大的沙漠變成綠洲。妳以為在聽神話故事嗎？錯了。這是我們先代在這個綠洲湖泊落腳定居的真人真事啊。」

一顆顆汗珠沿著臉頰淌下，迷糊間，丫沙娜忽然想起童年時爺爺講過的故事。其實，父親也說過類似的話：「像這樣的神泉，在沙漠還有幾十處，也許某天神恩光臨，其他神泉就會出現。」

風從後方推她，褐色曲髮蓬蓬掩面；她回頭，剛才辛苦走過的路，不過是浩闊沙漠裡其中一個小壑而已。前望，大地像一尾巨大的黃色毒蛇，一個個沙壑，是密密麻麻鋪在蛇身的小鱗片。她跪下。

年輕的丫沙娜跪在燃水古道大聲叫喊：「呀呀呀呀呀呀呀——」一望無垠的大漠裡，丫沙娜盡展雙臂，應和風沙「呼嘯」之聲，在大太陽下絕望呼喊：「呀呀呀呀呀呀呀——」

熱沙灼痛脆弱膝蓋，她一雙粗糙的手掩住臉，開始哭泣。她哭得非常厲害，抓起一把沙子，擲出去，身前登時刮起沙的霧，接著又抓一把更大的。十個指頭，深深扎進沙子裡，指甲縫嵌滿碎沙，嫩肉都滲出血來。

彼端的太陽，遠距離地攻擊她和羊，抽走水分和靈魂。她憤怒抑鬱，覺得很卑鄙，右手拾起旁邊一塊尖石爬起來，竭力，擲向囂張的太陽火舌。

身一扭，手一鬆，亂石脫出，丫沙娜同時踏一個虛空。

當腳尖再著地時，小腿突然感到透骨的凍，她低頭，自己腳下竟然有水。

她驀地發現自己踩入一個藍色湖的中心。

她後退著一邊尖叫，毛管都豎起她扯住自己的髮，從未試過發出如此尖音。她終於失去平衡，整個人跪在那水上，濺起了水花；她衣衫吸收水分，冰凍感迅速從腳邊滲上腰肢。

十米外，有鬼靈的眼睛跟她眼睛接觸。十米外，一個蒼白的靈，皮膚和髮都是褪了色的白，身上披了深靛藍的絨，很大的一幅布，彷彿在水溝中綻放一朵藍色大花。

「燃水的靈……」丫沙娜整個身體被燃水之靈的眼睛所凍結，像西洋書本上某個北方蛇妖把人們石化的傳說。「燃水……的靈……」她哆嗦，完全無法呼吸：「這是水之靈……這是水之靈……」

她跪在冰水之中，雙腿因冰凍而發紅，凝滯的丫沙娜感到自己已被石化，跪了很久，很久，終於，想起這是能拯救旱地的神！撲著水爬將起來！神靈就立刻被驚動；那神祇，把深靛藍的絨抖動一下，背向丫沙娜。丫沙娜哭叫：

「燃水之靈……救救我，救我們……」

那神側頭瞟了她一眼，好像還笑笑，就消失在荒漠中。

膝下的水也沒了，一秒間被天地蒸發。丫沙娜就這樣跪在熱乎乎的沙上出神。直到……直到膝蓋麻得無法忍受，才緩緩站起來。她在沙地上失神地走路，差點自轉似的，整個感官都發昏，眼睛花花的。按住炙燙的前額，她想這究竟是不是鬼的妖媚，腿痠瘦的，無力地坐下來，突然驚覺，裙緣依然是冰的濕的、微微重，那是因為裙襬曾飽吸水分的關係。

丫沙娜又在呆。

她上下左右環顧荒茫的大漠，死寂如昔，羊兒在身邊如常流轉。拉起仍帶水氣的橙色裙腳，去蓋自己的臉，呼吸著、嗅著，水神的餘息。久久無法排解心中的驚駭和憂鬱，只好弓著身體，咻咻地哭出來。

（六）

夜裡，丫沙娜面對窗邊的一面鏡子發呆。十五夜月的光芒灑在側面，令她恍若身處夢中。她拿起毛巾沾了些水，反覆抹擦自己眼睛。旭日升起，外面的羊「咩咩」叫；她擱下毛巾，終於放棄了，無論如何也抹不掉了。

美麗左眼中央對落處、淚堂的位置，長出一個青藍色的細小圖騰，彎彎曲曲儼如一尾藍色小蛇。

也許因為果園主人播弄妖言，也許是眼上小蛇嚇煞旁人，鎮上的人，開始把各種奇怪的罪名推到丫沙娜身上。自此以後，當丫沙娜引領羊羣到湖邊喝水，男人們總會在遠處向她吐口水；流氓般沒娘帶的小孩又會向小羊擲石，起初是碎石，後來是大一點的石塊。

「草可以到處找，但羊始終要喝水啊。」孤零零的她垂下眼，對自己說。

（七）

一片漆黑。那是伸手不見五指的黑，沒有淵底的黑。張開眼睛與否，也是差不多的了。多少個失眠的夜裡，她總是披一件衫，不提燈走到屋外；然後張開雙手，茫茫然地，每次都朝著某個方向一直走一直走，走到天亮。天亮了，天邊藍藍黑黑，她低頭開始看到自己粗糙的手的輪廓，轉身，燃水之野仍是一片荒蕪。

丫沙娜並沒有再尋到神明，或僥倖走到另一個綠洲。她頓了頓，大概是沙上一個失神的黑點。

（八）

八月下旬某個午後，恰巧經過城門外圍，打算進城購買日用品的丫沙娜，因為城門裡面的人們都抬起頭，所以也抬頭了。

丫沙娜褐色的曲髮悄悄起舞，狂風怒吼，攪拌天空中滿佈的黑雲。在厚厚囤積的烏雲堆中，還有一尾白龍潛伏似的，亮起幾束耀眼閃電！十個月來，第一次看到這麼大範圍的烏雲。數十個居民從建築物走出來，愈聚愈多人。他們舉頭，眼看雷雨就要來臨，不自覺地張開口；有些人甚至跪了下來，把祈禱的手放在額前。

他們在寂靜中等待，等待，等待……然後雲層自中央突然薄了，如一雙鬼魅的手把棉花左右掰開……積雨雲在幾分鐘內煙消雲散，天色又復光亮起來。

他們，眼巴巴看到濃雲糾結後，又散了，雨點始終沒有下來。

跪地的兩位婦女哭聲淒厲。其他人開始變成一頭頭憤怒野獸，咬牙切齒，指著天空狂罵，還偶爾夾雜不堪入耳的粗言。

丫沙娜的腿開始瑟瑟抖震，身體重心，漸漸向後轉移……

她起步逃跑，因為她真的看見有幾個男人女人拿掃帚和竹竿追她。

丫沙娜拼命逃亡，意識變得迷糊，她跑、她就跑呀，覺得那一定是自己錯了，怎麼要讓美麗綠洲乾涸呢？一定是自己做錯了什麼，才會令大地乾旱。然後不知走了多少路，不記得跨了多少個丘壑……忽然一個漫不經心，讓橙色的寬鬆裙襬絆了腳，骨碌碌地跌倒，還滾了個圈呢。

一塊小石，好像輕輕割損了掌心，隱隱有痛感。

敞開手，凝視那道紅色的微小傷痕滲出了血……淺淺、淺淺地發出光來。她側臥於黃沙，繁茂的曲髮傾倒沙粒上。靈敏的耳朵，專心傾聽大漠的脈搏聲，卜卜，死寂的沙漠不時傳出奇妙響聲；夜晚很涼的岩石，由於白天烈日曝曬，風化破裂了，發出「卜卜」破碎的聲音。

突然，世界彷彿落入另一個奇異國度裡。躺在沙礫上，臉傾側，感覺陌生，她竟然覺得很冷，明明是大白天，但感到非常寒冷；身體早已凍麻了，睜開眼，很暈眩啊，眼裡所有影像白花花一片，逆著光似的。

翻身仰臥，這時候，天空慢慢飄降一瓣一瓣白色的碎花，有很多很多，飄飄搖搖，遠至近，最後，輕輕黏在臉上，有冰涼的觸感。

「這些花啊，很美很美，又古怪……」丫沙娜透出一口半透明的白霧涼氣，怔了怔，又幽幽說：「雪的花啊……」

伸出手，雪花落在指尖上。她一生沒碰過雪，只在書上看過。她有想哭的感覺，於是哭起來。

「祢是在逗弄我嗎……燃水的靈？我是卑賤的愚者，所以祢作弄我。」

蒼白通透的燃水之靈就在不遠處微笑著，在水潭中拖住深靛藍的濕重的絨，緩慢地，轉了半個圈，側身，指向某方。原本飄飛躍動的雪花，突然時間停止似的，在空中停留，並凝固。祂眨了眼，雪點便同時融化了，半空中盪出無數極淺極淡的藍色漣漪，一圈圈交疊相撞，又漸次擴散開去……

（九）

丫沙娜千方百計把小薇拖到燃水古道去。再次從自家樓房二樓攀窗逃走的小薇，已經瘦得不成樣子，她緊抱接應她的丫沙娜的頸項，說：「再過幾天我們一起走！這綠洲快完蛋了！」

小薇在悠長的沙漠路上，哀求了好多遍：「丫沙娜，跟我走！找一輛車，躲在裡面，」拉著丫沙娜的橙色衫袖，又從腰間掏出一張摺得小小的紙張，攤開是地圖，說：「沿著那公路離開沙漠區吧！我有辦法照顧妳的，丫沙娜。」

「那麼，羊怎麼辦？」

「丫沙娜！」小薇尖叫：「妳留在這裡等死嗎？」

「我不能丟下無辜的羊！」

「丫沙娜！」小薇哀求的語氣：「沙漠的人迷信，沙漠的人總是怨憤，這裡的人沒文化，他們現在只想找發洩對象，瘋起來，不知會如何對付妳！」

丫沙娜停步，指向一塊裸露的堅硬岩盤。她們走過去，小薇看見三米高的土黃岩盤後面，有一棵青色小樹。小薇拉拉丫沙娜的衣角，問：「什麼樹？我沒見過。」

「基阿維樹。」

「基阿維樹……好像在哪裡聽過……」小薇拉起它一束淺葱色葉子，複葉對生如羽毛。「這種嫩綠很美，而且，這樹苗的樹冠好闊哦，像把攤開的大紙扇。」細小娉婷的粉紅身影，躲在樹蔭下，微笑著。

丫沙娜也笑著彎身，在樹下牽了小薇的手，多走幾步，在一個淺窪前，跪下來。雙手小小心心，自水窪捧出一瓢水。

一道細小的、淺淺的紅色石縫，淌出罕貴的水分；涓涓細流，微微發光。

小薇掩住嘴，良久沒法說話。丫沙娜對著隙縫，「啊——」地大聲呼喊，奇跡出現了——更多更多泉水往外冒！在水窪中央，升起圈圈漣漪向外擴散。當她安靜下來，水就慢慢退卻了。

丫沙娜微笑：「這叫『聲動泉』，妳一叫喚，水就來了。」

泉水是冰冷可口的，她們整個下午「嘻嘻哈哈」地喝了好多水，很久沒有如此飽足過。

她們又恣意用那水洗腳洗臉，清涼透心呢！

惟一是，當丫沙娜正要洗臉，她看到水窪倒映出自己的臉；左眼正下方的小蛇圖騰，好像向下伸展，長大一點點了。

「小薇啊。」丫沙娜轉身，手一揚，水珠灑在小女孩臉上：「請妳趕快告訴鎮上的人吧。告訴他們，燃水是另一個地下水區的出口。這次大家有救了，妳也不用走了。」丫沙娜沒有過激的表情，眼神冷靜，語調極為溫柔。臨走前，她站在基阿維小樹旁邊的岩盤上，瘦削的身影，靜默孤獨，又強又弱。

燃水有泉的喜訊，才一天就傳遍整個綠洲。

（十）

咯咯咯咯，木門響起來，太陽才剛剛升起；丫沙娜開門，看見果園男人們靦腆的臉，其中一個是小薇父親。他們低頭，在門口放下滿滿一籐籃子的、新鮮豐盛的彩色水果，又拿出筆和地圖，請求丫沙娜標出靈泉位置，並希望她能簡單繪畫附近的地貌。

三天後的傍晚，在橘紫色美麗落霞映襯之下，丫沙娜把最後一隻銀色小羊驅趕到欄柵內。她拍掉雙手的骯髒，轉身，看見一堆人風風火火地圍堵她簡陋的蝸居。

當天束辮子的她，被暴力拖行著。

小薇的父親，那個鬍鬚蓬蓬的男人用力扯拉她辮子，丫沙娜趴在地上，狗一樣被暴力拖行。旁邊一直有人擲石，把她左眼角砸破，湧出熱烘烘的鮮血。路邊一個婦女突然歇斯底里地吼叫，丫沙娜抬頭望她，面前是鐵青色的土鏟在揮動——

睜眼。

發現自己被囚在某個儲物的小草廬中。眼前所有景物變成紅色。她記得自己遭受鏟子毆擊，那些血，黏稠地從額角的傷口淌下來，一眨眼就掃到睫毛上。

她覺得無辜。她根本不知道自己的罪……她根本根本，不知道自己做錯了什麼！她覺得無辜！但她直覺地知道！這一切一切必定有關於燃水之靈！她感到受騙，驚覺自己遇上了災難。這根本不是一個拯救她的神！

「燃水之靈！那是水之靈的引導！不是我胡謅的！我沒撒謊！」丫沙娜，在屋裡竭力嘶叫但無人聽見。鎮裡的人喚她「妖孽」，是觸怒天的妖人。交疊的睫毛沾上鮮血：

「我沒有錯！那是燃水之靈引導的靈泉！一切一切都不是我胡謅！我沒撒謊！我幹嘛要撒謊？那是真的水之靈！我沒有錯！」

丫沙娜把眼睛瞪得乾澀，拳頭狠勁搥打上鎖的門板；堅固的厚木板發出低沉聲響，一下，一下，一下。她重重打，不斷叫嚣，「放我出去！放我出去！放我出去！」一直到嗓音沙啞，兩個手掌腫起來，也久久不肯停止。雙腳無力，丫沙娜背向門，沿著厚實的木板坐下來。粗糙的手背蓋住臉，想哭但已沒有淚。

翌日中午被釋放。

她拖住苦難的軀體和靈魂，回到家門已是黃昏時分。跪在玄關，三百隻寶貝盤羊，早已消失。

財產通通被搶光。屋內，差不多所有物件被翻倒掠奪，值錢東西沒剩多少；只剩下匿藏床底幽暗處的書本和典籍，尚未被染指。

果園的人丁幾近滅族。原來，那天到訪她家的腼腆男人們，除了園主以外通通都死掉了。據說喝過劇毒無比的泉水。丫沙娜覺得可笑，不是嗎？她和小薇明明喝了好多水啊！幸運地得悉：小薇沒死，只是哭泣著被押上車子，消失在公路彼端。據說走前還「丫沙娜」、「丫沙娜」地吵個不停。

只消三天，只是三天而已。丫沙娜變得非常消瘦，她開始擁有更為結實的手臂，腹間失去女性固有的柔軟和圓潤；側面的腰身，皮膚緊緊地包裹堅硬瘦削的盆骨與股骨，看下去，凹凸如沙漠裡嶙峋的戈壁。

左眼的圖騰再度生長，那條藍色小蛇，終於蜷然伸展到下巴頦去。

（十一）

她是天生的舞者，她用整個生命扭動肢體，跟隨熱風的流動，旋舞！她的舞蹈沒有章法，只憑著直覺自然揮曳；腳丫的銀鈴發出一下一下脆響！水銀色的汗珠自手心和髮端甩出！她頃刻失去意識，躍起又跌下，是一隻發狂的鳥，在半空扭曲掙扎。

她累得趴在地上，雙手支著柔軟的沙土，頭很暈，身體失去重量。汗水從額角流到下巴，再涼涼滴在手背上。

呼吸猛烈，心跳激烈，眼睛早已無法聚焦。

丫沙娜笑了。

她的大意識中有水，水之靈，在炙熱的大地上，她的靈眼可以看見一個男子，立在沁涼的冰湖中，裹在身上的深藍色披肩已經落在涼水中，飽吸了水分，那個燃水之靈，白的頭髮還點點懸掛著細碎瑩亮的水滴，有如剔透的水晶。

此刻她意志異常堅定。丫沙娜一步步走向燃水之靈，愈來愈接近祂，不知不覺就走進水裡，她雙臂向前伸探，誓要捉住什麼似的，愈走愈快；藍色湖面，泛起更大更大的漣漪，前行前行，水愈來愈深，由腰際浸到胸前。

她身體一層層結冰，嚴寒的麻痺，自足部開始，生長到腰，到頸和臉，直至髮尖。這燃水之靈，靜靜飛向她似的；祂揚起湛藍的披風，寂靜中趨向她。最後她被祂摟住了，那靈有蒼白的膚色，如亡者沒有氣息，她肯定祂是一個靈。

「我有做錯什麼嗎？我不知道為何要遇上這種災難。」丫沙娜氣勢洶洶地質問。

「我根本沒做錯什麼！」她瞪著眼，不忿地指控：

「我從來沒有做錯什麼。我沒有錯！是祢——」

驀地，她身下的水通通消失！丫沙娜重新落在熱沙上。

同時，身上衣服已經暗暗燒起來，她慌張拍打火舌，扭動身體在沙上打滾。髮端燒出藍色的火焰，她右手被火炙似的，感到從內裡燒出來，十個指頭，指尖和指甲相連的嫩肉蓬蓬焚燒，每根手指都是火旺的蠟燭，灼痛滾騰，一個個小火球爆開。她把手指張開，舉起來，或握拳，或滾地，都無用；那團火是由肌肉裡燃燒起來，那是一種天罰，那種痛楚異常劇烈。丫沙娜很好強，她非常用力地咬住牙，但非常痛、非常痛。額都是汗，她左手握住右手，非常痛，痛得流下眼淚，她蜷曲於天地間但她孤身一人沒人能了解切膚之痛！在扭曲在掙扎但她只是茫茫沙漠中的一粒塵，生或死或痛，太陽照樣升起，而星宿如常運轉。

丫沙娜看見燃水之靈坐在被風化的巨人岩石上，看著她。在火焰中，她可憐地淚眼朦朧地側著頭看祂，祈求祂神聖的憐憫，但燃水之靈始終沒有表情，彷彿正在看一個娛神的祭演。

是什麼、是熱氣流令她頭髮飄飛嗎？腳一踏空，隨後，奇妙的下墜，丫沙娜忽然跌落水中，肢體的揮動頓時變得極緩慢，因為有一種強大的水阻；她在水裡把眼睛瞪得痛楚，抬頭看到天是白色，低頭是無底的黑潭。燃水之靈閃到她身前伸出兩手掐她的頸，丫沙娜口吐泡沫以致看不見燃水之靈的表情，但她知祂一定在嘲笑。丫沙娜已經無法呼吸，眼裡一時黑一時白，身體被推倒，嘴角……不自覺牽起一絲笑意，她不明白自己為何想笑，大概是彌留的興奮。

世界無比寧靜，失去時間和力量。燃水之靈把她放開，又迎上來，由撲殺到擁抱。她終於看清楚燃水之靈的臉，如此接近地……祂的臉很蒼白，眼神大海一般美麗深邃，儘管她根本未看過母海。她很激動卻連滴下眼淚的機會都沒有，淚還未形成已化入水中，她想，有幸成為祀神的祭品，還得到了垂愛，死亡不是重要的事，這結果畢竟比被鎮民打死好太多。

她隨水飄去，已沒有力量去對抗順或逆流。望著自己的手，指尖已經不再痛了。左胸裡面，心臟跳動著，卻是那樣地衰弱，微微抽搐似的，略帶痛楚。死亡如此接近，她側著臉，又笑了，好像一點也不可怕啊。

丫沙娜凍僵在冰水中，身子微曲依偎在靈的懷中。燃水之靈緩緩垂下眼，嘴角微顫，一會卻又淺淺笑了，祂撫摸她的頭，像她從前呵摸小羊的手勢，無比溫柔的手，輕輕蓋住丫沙娜兩個美麗眼睛。丫沙娜，馬上看到了混沌初開，乾坤始奠，然後皓月明日，高山流水，綠葉和紅花……萬物競起而生生不息……然後突然天黑，她看到建築物；鋭齒拉出嘶叫，木屑亂飛，巨木倒下，大地褪色，由蒼翠變成土灰……被尊稱為「參天神木」、千年原生的基阿維樹一棵接一棵，一棵不留地，被果園男人攔腰鋸斷……

（十二）

九月始。當今年第一道涼風滑下山坡，抵達那片名曰「燃水」的野地時，金色的沙粒，因受到空氣所推搡，開始向前滾動，發出「沙沙」的磨擦的聲音。小鱗雲鑲嵌於高闊的淡藍色天空裡，一大羣小鳥結隊飛行，劃過其中；那大約三百隻的銀白色細鳥，忽然在空中拋一個彎，隨即降落在鬆散的沙子上。

牠們細細跳動，一隻隻躍到巨大水潭旁邊，在石隙間啄水。漸漸地，其他口渴的動物受到水氣牽引，也陸續走到水邊圍攏喝水；蛇和荒漠蜥蜴、迷你跳囊鼠、胡狼、長耳野兔種種……

燃水野地乾涸三千年，彷彿今天終於得到赦免，重新得到泉水滋潤。

不久，正在喝水的動物陸續走了，牠們聽到人類步伐的響聲。園主帶著三頭大黃狗，並引領城裡的人，終於走到燃水新泉面前。泉眼不斷湧水，水圈快速向外擴展，他們寂靜地呆站那裡，冰涼的泉水慢慢浸過腳面，於是他們只好一次又一次不斷向後退卻。有些人，好幾次感到口渴，想低身掬一瓢，但想了想又忽然惶恐地甩開捧在掌心的水。

此時有人指出水面有一個浮動的黑影，眾人的目光馬上被吸引過去。接著，有人掩口，有人後退兩步，更多人是皺眉。

然後不知多久，園主終於開口：「大概是她反覆在上面跳舞，震裂了地下水的隔水層，泉水湧出來把她淹死了。」

沒有人附和或反對他的話，他們只是沉默。一陣沁涼的風吹起了，拂起沙子和人們的髮。風愈來愈強，泉水泛起小濤而丫沙娜的屍體載浮載沉，然後他們同時聽到「嗚嗚嗚」耳鳴共振的風聲……

沙漠罕見地颳起潮濕的大風，飄捲滿天黃沙，現在視線只有十米。園主帶來的三頭大黃狗受驚了，「哼哼」地哀號，又突然朝著某個方向不斷狂吠！其中一頭轉身跑了，其餘兩頭也夾住尾巴逃。眾人恐懼結巴。整個淺藍色天空在三分鐘內迅速暗下來，不知哪裡吹來，一堆不可思議的烏雲飛快把大太陽侵蝕。一重又一重雲層壓得非常非常低，大地不再寬敞，雲端深處醞釀白色閃電，發出低沉而憤怒的「隆隆」聲響。

然後，雨點傾盆而下，一束束小針般戳於黃沙上，打麻了眾人的頭。在今天，此沙漠，下了一場前所未有的大雨。

暴雨一連降了五日五夜，又因為燃水古道的河底本來就很平，滿溢後，強風和斜坡一下子把豐盛的雨水和泉水帶到好幾百公里之外，最後，燃水跟其他流通沙漠的河川結合、匯通，成為常生河。

燃水的出現，馬上逆轉當地沙漠化的死象。萬物重生，花木繁盛，人畜興旺。從此新河、舊川自然融合並貫穿整個國家，為整個時代帶來經濟、交通、文化發展之便。

又因為嶄新的燃水湖泊規模很大，極有必要納入國家地圖裡面，於是國務院派出地理學家團隊，把不斷生長的燃水湖泊的外觀仔細描畫，並給重獲新生的居民觀看。結果，靜默了，沒一個人能說出話來——他們看到地圖上的湖泊，外觀像極人類眼睛，藍色的河流彎彎曲曲向下生長，猶如一條藍色小蛇，或是一行藍色眼淚，夾雜慈悲愛憐，自眼睛婉約湧下。

當我落進烏江水中，那冰凍的漩渦就要把我強拖下去。一張開口，冰水馬上咕嚕咕嚕灌進我口中，我感到極度痛苦！我透不過氣！眼前劃過無數氣泡，在惶亂中看見烏江水面有亭長划艇，這白髮長者雙手拉著木槳，眉頭皺得緊，「嗨！嗨！」不斷激動地向我叫喚。

霸王別雖

抬頭望望這位親切的老人；
在我們目光交流的一刻，
他身體倏地震動了，然後有串淚掛在臉上，他
好像說：「你這馬兒真傻呀。」

氣泡急急向上升，沉重的身體緩緩下沉。在水中聽到了他的話，忽然感到安慰。我向他微微一笑，慢慢地，四周變得無比安靜。

「好匹美麗的牝馬呵！」那是項大人對我說的第一句話。記得那年春天，在桃花開滿整個院子的季節裡，我在馬欄後面引著頸，偷看一個陌生男人。忽然曹咎把我從馬廄牽引出來；他把錦繩往那陌生男子手中一塞，低聲說：「羽兒，這烏騅寶駒是你的啦。」站在旁邊豎直了耳朵，我聽得清楚，聽得心兒突突亂跳，不知那是惶恐還是欣喜的緣故。羞澀地瞄了那陌生的項大人一眼，原來是個十七歲的少年

人喲，年輕有為，濃密的眉毛和頭髮向上剔起，身材非常高大，體格也好，看得人怦然心動。

曹咎兩手搭在大人寬肩上，說：「這烏騅神駿異常，日行千里夜行八百，你就趕快把信件送去櫟陽救你叔叔去吧。」大人十分感激，把頭緊緊叩在地上；曹咎身子趨前把他扶了起來，再推他上馬。

自大人跨坐我背上那刻開始，

我驚覺我身和心終於找到了主人，

我是項羽的馬，我是項羽的馬……

沒有人比我更瞭解大人的事跡，我是他第一個部下。他二十三歲的時候，在會稽，在那金風颯颯的九月，刺鼻的血腥氣味自郡守府中飄升起來。項大人面上濺了血花，左手是郡守的人頭，右手握了染血的劍；他叔叔項梁就在身旁，雙手捧住從屍體解下來的印綬。二人走出望樓，衛士們瞪眼張口，通通呆住了，嘴裡反覆唸道：「反了、反了。」

初春，項大人帶著八千江東子弟渡長江。起義軍，破秦兵，奪彭城，擊亢父，捷於城陽、濮陽，然後又說攻下了定陶。做夢似的，一切是那樣的順利。

直到哨兵哭著帶來項梁的死訊……

在退回彭城的途中，夕陽昏黃了兵士們的身影，他垂頭，在我背上狠狠、狠狠地哭了。

◈ ◈ ◈

鉅鹿大捷是大人成名之戰哩。一切發生在那個寒涼清晨。當時天是藍黑的，還沒有全亮，幾千小舟隱沒在黑暗中，搖呀搖，二萬楚軍暗渡漳水。我們躡手躡腳上了岸，誰料「踏踏踏」竟迎面衝來自家一小隊人馬，他們旋風似地，飛快砸破所有食具，鑿沉所有船，看得大家都呆。大人點燃灘上惟一的火把，自腰間拔出寒光霍霍的寶劍，坐在我背上狂吼：「我項羽，願與諸君同生共死！」突然士兵臉上的表情都變了，他們好像屏住呼吸，然後，二萬人同時爆出咆哮歡呼！楚兵都吼得狂了，我也狂了，箭一般向秦軍的「帥」字旌旗飛奔過去。日出，日落。二十萬秦兵早已夾著尾巴連滾帶爬地撤退，只剩下一排空營帳和空樓房。楚兵們站在沙地上，風呼呼吹，刮得塵土翻飛亂跳，瞇眼看，秦營中炊煙還沒有滅，再嗅一嗅，空氣彷彿盪著幽幽飯香。

「『先入定關中者王之』是楚懷王的陰謀。」後來聽到士卒們這樣痛罵。我什麼都不知道，只記得那時在鉅鹿打敗了秦兵，大家成天沐浴在勝利的歡愉中；每天不是歌頌項大人破釜沉舟的勇武果敢，就是豎起手指，數算他在戰場手刃了多少敵人。忽然某個早上，正當大家忙著吃早飯，有人飛馬急報：「劉邦入了咸陽。」軍帳內外，所有人「兵乓」放下碗筷。四周一片肅殺，空氣凝滯古怪又叫人難受的氣氛，只有不知好歹的烏鴉「呀呀呀」地亂叫。

項大人設宴於鴻門。宴會前那個下午看見軍師范增在甬道匆忙走過，神色非常緊張，我「嘶嗚」跟他打個招呼。他停步轉身看見我，便親親熱熱地走過來，「嗨！烏騅！」，說著撫摸我鼻子，又輕揉我耳朵。低頭注意到他腰間掛了塊閃閃發光的名貴美玉，他笑了笑，牽起那玉玦舉在額前說：「玦者，決也。決戰於今晚。」我聽了他的話，興奮得整晚豎直耳朵。可是到頭來好像沒有什麼大事發生。我在帳外嚼著美味的黃豆，據說，項大人跟劉邦等人在帳內笑著分享一隻美味的鮮豬腿。我不明白。我真不明白。

◈ ◈ ◈

咸陽的冰雪提早溶解了，大概跟阿房宮的焚燒有關。還記得項大人進咸陽後的第三天，一柱黑煙自阿房宮主殿向上升起，在高空迅速擴散，很快咸陽的天空變得灰黑一片。定神再看，狂放的火舌開始起舞，愈跳愈烈，我懷疑火真要燒到天上去。士兵們瞳孔映著焚燒的阿房宮，都震動了；起初還能寂靜地站在火焰前，慢慢地，熊熊烈火燒起心中憤怒的角落。他們握了拳，叫得喉嚨也破：「劉邦！那傢伙比我們早到，但毀咸陽、殺子嬰、坑秦卒、滅宗廟的，畢竟是我們！」

士兵歡叫的聲音似狼嗥。轉身，發覺大人獨自坐在石階上，高大的身子微微蜷縮。他目不轉睛地看那小火花自小窗乘風一跳！躍至半空，再零零碎碎散落……不一會，項大人把目光輕輕投過來，他眼睛有話要說，我是知道的。緩緩踱到主人腳邊，用鼻子輕觸他的臉，他微笑，平常一樣溫柔掃掃我後頸。項大人看看火燒的宮殿又看看腰際的寶劍，喃喃說：「馬兒，回去吧我們回家去吧。」

兩天後我們踏上返回彭城的歸途。

紅梅開滿整個山頭，正月，項大人自封「西楚霸王」。

「我想建一個安安穩穩的家。」他某天在花園的桃李樹下悄悄對我和虞美人說。虞美人「哦」一聲，接著瞇起細長的柳葉形狀的眼睛笑了。我用頸子磨蹭嬌柔的美人，對她撒嬌，她輕輕吻了我的額。二月，大人分封天下土地。

那年春天是完美的。一陣濕暖的清風不知從哪裡吹起了，它攀越高牆，潛進宮門，穿過長廊，偷偷竄進御花園，再趁我不注意的時候，撩撥我頸後那束柔軟的鬃毛。

吃一口鮮美嫩綠的青草，頭微微傾側，親眼目睹七色花兒在清露和暖土滋養下，一朵接一朵盛放。溫柔如水的虞美人穿插花叢中，採集花朵，我和項大人在涼亭旁邊看她來來回回，以為她是五彩鳳蝶。細細編了花環兒，虞美人親自為他添了冠冕。厚大的佈滿疤痕的手掌輕柔捧住她小臉，項大人忽然開懷笑了，美人馬上燙紅了臉，羞澀地低下頭，聲音小小：「為什麼……對我這樣溫柔，奇怪……那些秦兵都說你是鬼啊。」美人說罷又開始在花間曼舞，髮端染上仲春氣息，她笑了，笑容是剔透的晨光。那年春天，彭城的花園釀著飴糖般甜美的夢。大人醉醉迷迷，垂著眼低吟：「虞美人，在破爛的阿房宮中居然會舞出這麼一個少女來，虞美人。」聽到大人的話，不自覺抬頭望著虞美人。虞美人……記得細小柔軟的她第一次倚在我背上，我覺得她是初春的霜雪或露水，那麼纖弱那麼罕貴。

我覺得一切好像夢呵。

可是美麗的夢很快完結了。一覺醒來，發現烽煙徐徐升起從此不熄滅。

自五月起，那群野狗，劉邦、田榮、張耳、陳餘、田橫、彭越，不再扯起西楚的旗幟。

兩年，其後兩年，血腥味替代了青草香。我經常不知道自己身處何方，總是東奔西撲的。正如那年初秋，我們剛從劉邦手中奪回成皋，另一邊廂那個蛇頭鼠目的彭越又馬上攻佔梁地。等項大人挺起利劍驅趕，收回梁地十數城的時候，又有人搶入帷幕，氣吁吁地稟報：「成皋……昨晚又失守了……又是劉邦的軍隊！」大人站在原地，不發一言，良久才遲緩地擺一擺手，示意士兵離開。

◈ ◈ ◈

鴻溝把廣武山劈開兩半，東岸有「楚」字旗，西岸有「漢」字旗。十數萬大軍臨岸對望，雙方相距不過二百步。十一月的北風，在廣武山上空來回飛旋。那年冬天特別冷，四肢都凍僵了。

正午，一個年輕楚兵飛馬「報報報！」地不停大叫大嚷，他躍下馬時不小心仆在地上但他飛快爬起來一拐一拐栽進大人軍帳，接著帳內傳出這樣的聲音：「龍且將軍在濰水中了韓信詭計，不幸戰死。」

四周靜下來，我屏息，空洞的風聲，吼得人發昏。

突然「鏘」一聲響！把頭縮低；回過神來，發現原本掛在營門的帷幔飛脫至半空，再破布般躺於沙地上。項大人奪門而出，右手是劍、左手是弓，他一跳跨在雕鞍上，雙腳一夾，叫我跑，我不敢違命便拚了命急奔到溝邊。隔著戎裝，我仍感到大人滾燙的身體正在發抖。一瞬間侍馬人的聲音在我心中浮起來，那年老的侍馬人總愛在替我洗澡時滔滔不絕地說話。他說過，龍且跟項大人是兩隻大酒鬼，醉罷總是擺著身子舞劍。他又說過，當初大人分封天下要把良地分給龍且時，龍且只是一味搖頭：「大王！我是在馬上長大的，地王我是做不來了，也沒有這個意。現在天下初定，地方還很亂，您就讓我隨您打打天下、平平亂，這樣的日子我才不覺無聊！」這兩件事早烙在心裡，因此後來聽說龍且染了重病，項大人在他身邊緊握他雙手，淌了一整夜的淚，也不覺得奇怪了。

在鴻溝岸頭剎住馬蹄。水聲「嘩啦嘩啦」灌滿雙耳，震耳程度直可媲美萬馬奔騰的聲音。項大人下馬屹立滔滔江水前，相對顯得平靜而穩重。他沒有說話。楚兵也沒有說話。在沉默裡大人彎身抄起大弓來，搭上箭，前後紮穩腳步，開始把弓弦使勁向後拉，瞄準，再扯拉，拉得弓身暗地震抖，弦繃緊，發出「勒勒」的即將斷裂的聲音，鋒利的箭頭突然射出閃光刺痛我眼睛！利矢「嗖」一聲破空！橫越鴻溝，射碎對岸最高的那面飄揚的漢旗。

◈ ◈ ◈

一隻白色的蝴蝶停在我鼻尖上，雙翅一開一合。我打個噴嚏，牠嚇得上上下下亂飛；在空中轉了兩圈，牠緩緩降落虞美人頭頂的簪花上。虞美人蹲在我身邊採集小野花，紅的黃的白的，一大束握在手心。

「不覺在這裡已經大半年了。」她一邊編著花冠兒一邊對我說。我在她身旁嚼著草，廣武的草比彭城難吃太多。她又說：「士兵消瘦了，好像軍糧快盡的樣子。」其實不只士兵，就是我每天背負項大人，也發覺他體重減了好些兒。我想美人她也應該知道的。「唷，烏騅啊，我看你，」虞美人倏地站起來撫摸我脖子：「怎麼辦，連你也沒了精神。」說著輕吻我臉，同時從袖口摸出一把精緻的香木梳子。小手拉起我頸上一撮毛，輕輕梳理著，烏黑鬃毛在細密的木齒間流過……接著整個下午她仔細替我編辮子。她十指纖纖的，巧得很，撫著摸著，舒服得合上眼睛，睡進夢鄉去了……

悠然醒轉，發覺已是黃昏光景。斜陽映照大地，四周的花木、營帳、飄空的旗幟，一切一切，變成橙黃的一片。放眼遠天，看見紅艷艷的晚霞。一行雁兒在飛，邊飛邊叫，聲音傳得很遠很遠；牠們一直飛一直飛，自遠而近，最後在頭頂掠過……低頭驀然發現腳邊多了一條長長的影子，是項大人，背著夕陽柔光，一步一步向我走過來。我迷惑了，他身上仍舊披著那套犀皮護甲，腰上仍是那把精鐵寶劍，但不知為什麼，變成另一個人，這刻他不是「霸王」。大人走到我身旁，舉起佈了疤痕的手，撫掃我背；頃刻他發現美人為我編織的小辮子，溫柔把它捧在掌心，摸摸、捏捏，便垂下眼，思量什麼似的，低說：「回去吧烏騅，我們還是回家去吧。」接著把頭緊緊埋在我頸上。

五日後，項大人接受劉邦的要求，約以鴻溝為界，中分天下，割鴻溝之西為漢地，鴻溝以東為楚地，楚河漢界，互不侵犯。

維持了十個月的對峙局面終於結束。當將領在將台宣佈要退兵的消息，台下所有士兵都同時鬆了口氣。這樣我便知道，原來他們都想回家去。

九月中旬，十萬楚軍開始自鴻溝向東退兵。我「咯咯」走在道上，感到秋意很濃，乾燥北風吹過的地方，樹就黃了。

月底時天空忽然下一場大雨，過後天氣急劇轉冷。四周的樹經已全禿，標誌著冬天的來臨。這場冬雨令不少士兵患上風寒，可是他們在冷風和鄉愁的催逼下，反而加快了腳步。大人在我背上不斷鼓勵臉色蠟黃的楚兵們：「多撐半個月吧！回到彭城後，我準讓你們吃飽、穿暖。」

直到十月某個早上，我正在埋首吃乾草的時候，旁邊另一匹老馬在喝水，牠搖頭說牠吃不飽。此後開始注意到，軍餉總管報告的次數愈來愈多；而「回到彭城我要讓你們吃飽」這句話一天會出現廿多次。

◈ ◈ ◈

我從來沒有這樣憤怒過，激動地把前蹄猛地跺沙子，踩出一個個深刻足印。一個晴朗但寒冷的上午，兩名哨兵自後方趕上來，他們眼神閃躲，左顧右盼，最後結巴地說：「大王，我們今早發現劉邦的軍隊……跟在我們後方……」我全身的毛立刻箭頭似的豎起來，項大人彷彿也震動一下。「那傢伙到底在做什麼？」「不是已簽好鴻溝和約嗎？」身後兩位將領皺緊眉頭在罵。只見大人擺擺手。這次他竟沒有發怒，說：「先別理會他們。」似乎又吞了吞口水：「一切回彭城再說。」

大人增加殿後的兵員，然後，我們來到固陵。隱約聽到士兵說「不行了」、「走不動」之類的話，於是大人把我叫停，轉個身說：「就在這裡停一天吧。」士兵幾乎是同時跪坐下來的。不一會，縷縷炊煙升起了。

也許是不安，也許是太累，實在嚥不下東西。年老的侍馬人不斷勸我吃乾草，我偏頭不吃，他竟跑去告訴大人！大人走過來狠狠瞪我一眼，只好低頭勉強吞兩口。吃過飯的他騎著我到處巡視。或許是錯覺，我發覺他每巡視一遍，楚兵的眼神總有些改變。我又嗅到軍營周圍彌漫奇怪的氣息——那大概是沮喪的味道。

戰鼓敲起，塵土飛揚，尖戟跟長矛擊出火花！楚漢再度激戰。潰不成軍的膽小漢軍一如以往只管後退，最後閉鎖固陵的城門自此堅守不出。「太卑鄙了，漢軍！他們要耗盡咱們的糧！」虞美人下午忽然跑到營門外，激動抱住我頸。「我聽說每天都有楚兵逃跑。」她嗚咽，紅眼眶跳出怨憤的淚。我只好用鼻子點點她前額，伸出舌頭，舔舐頰上的淚珠。

假如垓下沒有糧，我想大人不會到那裡去。

我討厭垓下，那裡有座荒廢日久的城池，城垣破舊灰黑，半塌，周圍有很多枯樹，

黑色烏鴉成天在上面亂跳亂叫。

十二月極寒冷，清晨醒來發現所有東西蒙上一層霜。那天天色還很暗，我呆在枯樹旁邊，遠遠看見虞美人獨自一人，提著燈籠，向我飄來。迎著凜冽北風，她拉著我韁繩，走在前頭，帶我散步去。朔風捲起漫天塵土，一路上睜不開眼睛。她把我一直領到斷牆邊，然後，她把身子往頹垣一靠，眼睛向上瞧，望那高遠的灰藍色天空，眼神是幽幽的。風很大，她緊抱身上皮裘不住顫抖，身子是如此單薄。我怕她著涼，便站在她面前為她擋風。

過了很長很長的時間，天色開始亮起來，一團白霧自美人口中吐出，她歎了氣。突然轉頭望住我，「烏騅。」她冰凍的手指印上我臉頰，又緩緩放下來，輕按在自己的肚皮上，說：「我啊……好像懷了他孩子。」怔了怔，聽得耳朵豎直，差點就要跳起來！但她神情很淡，一滴眼淚暗地滑下來，她說：「但我不敢告訴他，我恐怕自己會變成他的負累，」美人低頭，皺眉，也咬唇：「剛才……半夜聽過哨兵的急報，他哭了，對我說：『再也無法返回彭城……』」

起初不知什麼回事，後來清楚了。西楚大司馬周殷背叛項大人，聯合黥布歸漢，向我們打回來；他們明明都帶著跟項大人相同的鄉音呀。另外那蛇頭鼠目的彭越和韓信，原來早已率領四十萬大軍，圍了我們身處的垓下……

項大人呆坐營帳前，我呆立他身邊。大人把營帳建在地勢稍高的小丘上，我們都看見遠方有密密麻麻的「漢」旗不斷囂張舞動。大人他曾帶兵跟敵人戰鬥呀，可是每次城門一開，飢餓的楚兵馬上潮水般向四方逃去了。

第二天和第三天，大人仍舊在那裡呆坐著。

到第四天的午後，我發覺大人眼睛雖然瞧向漢軍，但早已沒了焦點。我把頭轉向他望去的方向，瞇著眼細看，景物迷迷濛濛一片，不知不覺間，原本包圍整個垓下的黃色漢旗，慢慢地，交織成一片遼闊稻田；和風輕拂，金黃的穗子隨風搖曳，一層層稻浪高高低低晃動，空氣彷彿盪滿江南獨有的稻香——這是我們的共同幻覺。

◈ ◈ ◈

當晚，我正在吃乾草和黃豆，白雪開始自天上飄降，很冷，年老的侍馬人小心翼翼地把我拉到營帳旁的臨時馬棚中，再仔細為我按摩身子，令我暖和不少。

吃過食物的我很早便睡。夢中忽然有人「烏騅、烏騅」地叫，驚醒，睜眼，馬上看見發光的燈籠，看清楚，虞美人提燈站在馬棚前。美人身後黑漆一片，那大概是夜半時分。「烏騅啊，你聽到嗎？」她指向身後，不安地問。傾耳聽，聽到很大的風聲，呼呼呼，那時雪還沒有停。突然身體驚得微微一跳！我豎直兩耳，聽到有人在風中唱歌。美人牙關打震說：「那是楚歌呀。」她身體抖得非常厲害，伸出瘦幼的兩臂摟抱我頸項。

她身體好暖，在那個下雪的冬夜裡，我們就這樣靠攏一起顫抖。最後她終於抵不住，伴隨風中的歌聲低聲吟唱。她旖旎的嗓子惆悵得叫人心痛。

那楚歌在嚴冬的夜空不斷擴散，聲音愈來愈大；哀傷的調子重複又重複，像洪水自四方八面湧來，把整個垓下完全浸沒。我感到徹骨的冷。

大人營帳四周漸漸光亮起來。將士、侍從、哨兵、女僕提著燈籠在馬棚前掠過，聚集於營門外，有人說：「怎麼漢營傳來那麼多楚歌啊，難道說，彭城已經陷落了嗎？」身邊的虞美人忽然站直身子，圓睜眼，一邊喘氣，一邊喃喃道：「不行，大人必須趕在今晚突圍。」說罷轉身拔腿狂奔，我嘶叫！但她沒有回頭，娉婷的小身影沒有停下來。虞美人，終於箭一般跑出我視線範圍。

「酒來！」那是大人的聲音，不一會，一個小兵推著木頭車在馬棚前經過，車上有兩大桶酒。車子「隆隆」走過，四周又回復平靜，只剩下遠方淒厲的楚歌。

旁邊的營帳燈火通明，不時傳來「乾杯、乾杯」的熱鬧的聲音，當中還夾有美人曼妙的歌聲。環顧四周，放眼盡是漆黑一片，馬棚沒有燈。煩躁地在狹窄的空間不斷來回踱步，抬頭，雪一直綿綿密密地降下，整晚沒有停。愈來愈冷，不自覺退到馬棚最盡頭的角落去。用力閉上眼，盡量回憶，回憶我和項大人跟虞美人一起遊玩的美麗時光，那時候彭城很美，蝴蝶飛舞，杜鵑鳥歌唱，花很香，草很甜——忽然那楚歌又傳入耳朵，把思緒通通搗亂！於是我頓足！又咻咻地哭了。

營帳突然傳出一隻酒杯破碎的聲音！

清脆的聲音劃破了天。隔著牆壁，隱約感到營帳內所有人都呆住了。裡面靜悄悄的連一點呼吸聲也沒有。

我沒有哭。知道發生什麼事之後，沒有哭，只是半張口僵立在馬欄前。項大人也沒有哭，沒說話，只是緊緊地望著我，可我在他瞳孔內找不到任何東西。虞美人被他橫抱在懷裡，睡熟了一樣，她垂下的右手握住屬於大人的精鐵寶劍，那染血的劍刃射出靛藍光芒照到我臉上。項大人抱住美人走過來，一步一步，很慢很慢，精鐵寶劍拖行著，「絲絲絲」在雪地破了一道極深的口子。

侍馬人為我放上鞍子扣好肚帶。項大人先放上虞美人再跨在我背上，隨即感到黏答答的血水滴到頸後。四蹄酸軟了。大人向流淚不止的小婢討了條長長絲帶，把美人緊縛在他身前。年老的侍馬人含淚輕拍我臀，催促我跑。由那一刻開始，意識變得迷糊，我跑、我就跑呀，身後有數千西楚騎兵跟隨在後，捲起漫天積雪和沙土。垓下兩扇厚重的城門緩緩開啟，眼前有數萬漢兵高舉火把擋住去路，它們左右移動，驟眼看去是一片烈火的海洋。我使勁跑、拚命跑，大人在背上不停揮舞寶劍；衝開一層又一層的人羣，跨越不計其數的圍欄，無數的刀和箭和尖戟和長矛和斬馬刀在身邊擦過，當中也有些是打在我身上的但我不怕！也不痛，麻木了，眼睛蒙上一道半透明的薄紗，耳朵也不靈光，除了大人揮劍時「霍霍」的聲音外，什麼也聽不到。

一刻不敢停下來。然後不知跑了多少路又不知攀過多少山頭，身後漸漸少了人馬的聲音。由奔跑變為蹀步，直到四蹄再也提不起的時候，停下來，靠在枯樹下，大口大口喘氣……無意間發覺雪終於停了，東方的天也藍了。我默默在雪上踏步，眼睛始終離不開那泛著魚肚白的發光雲層。在寂靜中等待，然後，當第一線曙光自雲堆透出，穿越山頭和枯樹，直射到我和大人和美人臉上時，哭了。原來昨晚經歷的一切都不是夢。在初陽的照射下，我身上皮毛早已濕透，冷颼颼地，泛起一層血紅光芒。

那是誰的血我根本分不出來，

大概我們三個的血早已混和一起。

模模糊糊繼續往前走，耳邊傳來大人無力的嗓音：「力拔山兮氣蓋世……時不利兮……騅不逝，騅不逝兮……可奈何……虞兮……虞兮……奈……若何……」我低頭走，四蹄踏過鋪滿雪的路，遺下兩行清晰的足跡。一路上，大人把歌一遍一遍地重複，歌聲總是斷斷續續的。又聽到身後數百騎兵微微嗚咽。

後來我們走進某個小山谷。谷中有道清溪，溪水流動並沒有結冰。冬日的柔光灑在流水上，閃出耀眼的跳躍的粼粼白光，亮得令人目眩。停下腳步呆立在溪前，冷風在頭上亂吹。忽然不能自制地狂奔起來！我嗅到花香！大人扯拉我韁繩，猛地回過神，才發覺自己已經跳到淺溪的彼岸，站在那片白梅叢林旁邊了。我在梅叢中徘徊，那些白梅原來還沒開，卻都長出細小可愛的青色花蕾。走啊走啊走，我停留在，惟一一株繁花怒放的茁壯白梅前，垂下頭……

最後大人把虞美人葬在那株巨大白梅下。

當他為她蓋上最後一撮泥土時，淚就潤濕了土壤。

之後記憶又開始模糊起來。

迷亂中我們大概被漢軍圍了很多遍，又殺了很多漢軍、墾出血路來。

後來聽說劉邦以黃金和封邑作酬，購買項大人的頭顱，大人聽罷只笑了笑，對身後的將領說：「我要讓你們突圍。」

烏江。後來我們來到烏江邊。

烏江是泱泱大江，江水狠狠噬咬岸邊嶙峋的岩壁，激出幾丈高的白水花。周圍寸草不生，非常荒蕪，摻雜沙石的狂風「颼颼」打痛我腿。

可是烏江臨近楚地，我們可以嗅到鄉土的氣息。

豎起耳，雜沓的馬蹄聲自遠方盪來，是漢兵。我狠狠頓腳。忽然有位將領指向水的方向說：「大王您看，有船。」遠處有艘小艇向我們搖來，漸近；上面有位華髮滿頭、身材瘦小的老人聲嘶力竭地大喊：「大王！大王！」大人立即從鞍上躍下，牽著我走到岸邊，身體趨前，皺著眉頭問：「長者呀……您是……」

「我是楚人，老朽是您的子民呀。」老人答得堅定，兩眼灼灼望住大人，雙手緊握划艇的木槳。這時小艇已經靠岸了，老人抬頭說：「大人請快上船吧！老朽是亭長，現在這裡只有我有船，船一開，漢軍就算追來，也無以渡江。」

項大人沒有答腔，他左右顧盼，面前盡是滾滾江水，又轉過身，看見遠方原本豎立的楚旗一面接一面倒下來。漢兵已經追來了。他再環顧身邊廿八騎將，廿八騎將靜靜望著他，有位將領前踏兩步：「大王，別猶疑！請您趕快上船吧。」

大人神情很淡，眼睛垂下來，舒口氣，忽然悽然一笑，說：「我不敢回去，腿軟了。」「大王！江東雖小，地方卻有千里，人口十萬，亦足以為王了。」項大人又微笑了，卻不說話，只含笑把我拉到船上——忽然船身劇烈一搖！連長者也站不住腳！我嚇得急著轉身，發覺大人原來早已跳回岸上，再竭力把腿一伸，船便遠了岸。

「我知道您是忠義的長者。您身邊的駿馬名叫烏騅，我騎此馬五年了，所向無敵，牠曾一日為我跑千里路，我不忍牠就此死掉，想要把這馬兒送給您。」他說罷轉身拔出腰際寶劍，面向從後殺上的漢兵。他身邊廿八騎將見狀也紛紛棄馬，掣起長戟簇擁護衛著大人。

我乾瞪著眼，忘記了呼吸。長者的小艇緩慢地飄到江心，水面輕微的漩渦令小艇開始旋轉。我全身僵硬，眼前盡是江南美麗的山麓，然後艇繼續轉，幾千漢兵早已蜂擁而至把大人他們團團包圍了，船轉，空氣又飄來江南的泥土味，濕潤的微風令人昏昏欲睡，再轉，黃色的漢旗，密密麻麻佈滿整個烏江邊，我聽到亭長掩臉痛苦地哭了，南方罩了霧的山頭有大群烏兒在飛，不一會，眼前又出現江邊的景象，岸上突然哄動起來，漢兵尖叫，人潮中有人舉起手，他手中是個頭顱——

「撲通」跳下水去。

冰凍的漩渦把我強拖下去；我把頭伸出水面，竭力撐著腿，不顧一切向漢兵游去。水中無數氣泡劃過眼睛我看不見東西！閉眼冰水又咕嚕咕嚕灌進我口中！我痛苦！我恐慌因為我活著可是我的主人死掉了！我活著但我的主人和虞美人都死掉了！

忽然不再掙扎也不高聲嘶喊了。

沉靜間，看見烏江水面的亭長雙手拉著木槳，眉頭皺得緊，「嗨！嗨！」不斷激動地向我叫喚。他佈了皺紋的臉閃著兩行淚光，又說：「你這馬兒真傻呀。」氣泡急急向上升，我對這親切的長者微微一笑，便沉下水裡去。

江水迅速把我浸沒。水極冷，急凍了沉重疲勞的身軀。

不斷不斷下降，慢慢地，四周變得無比寧靜……日光離我愈來愈遠，最後，就算張開眼睛，也看不見任何東西了。

◈ ◈ ◈

眼前忽地一閃！夜空中有小火花乘風一跳，卻又在剎那間熄滅了，短促如生命。

殺

虎

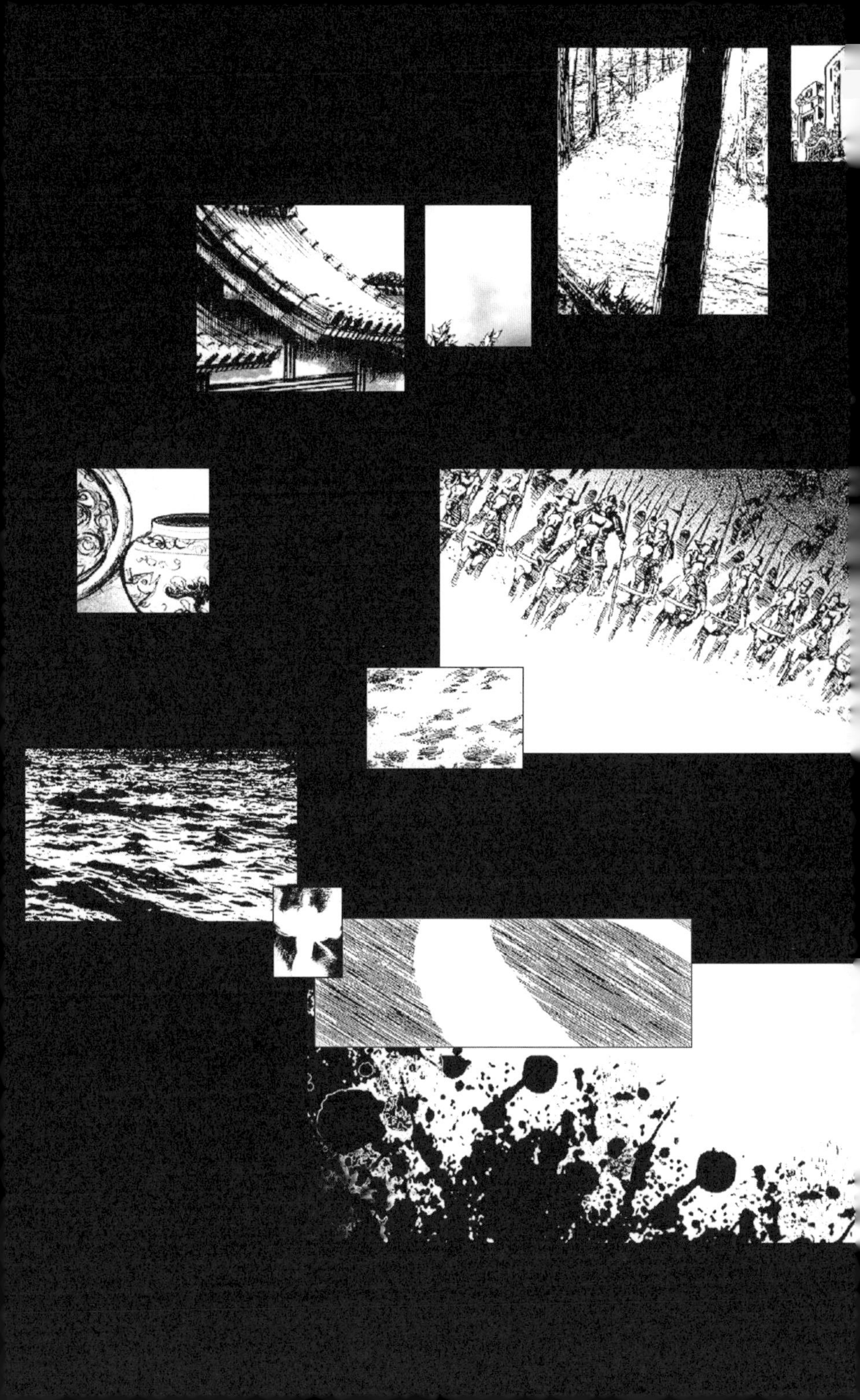

（一）

首頁，是一片紅黃相雜的色調。

打開《跳躍》漫畫雜誌，第三頁就看到〈殺寇〉的標題。大概是首回連載的關係，雜誌方面似乎珍而重之把它視為「焦點漫畫」，放在開頭幾頁。標題〈殺寇〉下面是一行敍述的文字：

明王朝嘉靖十八年初秋・山東登州

〈殺寇〉是一個歷史故事。開首的一格：一輪扁圓的夕陽，在青山與青山之間綻出金輝，把山下的樹和茅屋的影子拉得瘦長。村莊裡，農舍的煙囪升起白色炊煙。兩旁長著黃綠葦草的小道上，三位農人肩上荷著鐮刀，一邊笑談今年秋收的成果：**「今年麥子長得好呵，可以釀酒。」**一邊邁著闊步回家去。羣飛的小麻雀掠過天際。風微微吹（呼……），路邊的長野草彎低了腰，風停，大地又回復平靜。天空由金黃轉成淡紫，逐漸暗淡下來。

第二頁，深紫的晚霞，浮游在兩山之上。大概是傍晚時分吧。一個瘦小的孩子踏著黃昏最後一絲金光，出現在小道的盡頭。

戚繼光・十二歲

眼睛閃亮、束著褐色頭髮的男孩子，手抱一團白色小毛球，快步跑了好一段山路（踏踏踏！），他一面跑，一面吁吁的在喘氣（嗄……）。**「已經日落了，一定會給父親罵哦。」**雙腳不斷快速交替，小布鞋踏過的地方捲起一層薄薄的沙塵。

懷裡白色小毛球忽然動起來！繼光稍為慢下步伐，低頭看牠一眼，就滿足地笑笑，說：**「就算被罵也沒關係啊。」**他以手指逗弄那毛茸茸的小球。一個野兔的腦袋緩緩鑽出來，粉紅的小鼻，用力嗅著繼光的手。他嘟著嘴說：**「為救你我足足在山澗待了半個時辰啊，腳也差不多要泡壞了。」**

小白絹帕包裹兔子的前腿，雪白的帕子凝著一點暗紅的血斑。繼光雙手把兔子抱起，白皙的小手觸摸牠軟綿的軀體。野兔縮起頸子，側著臉，眨動水汪汪的大眼睛。牠引頸用鼻子親吻他臉頰；繼光瞇起雙眼，「**哈哈哈**」地笑著。

秋風從腰間穿過，吹起我頸後的髮，感覺冰冰涼涼。

週日的旺角街道非常繁忙，不斷有車影人影滑過。這個初秋下午，旺角街頭突然升起一層杳然的白霧。一切異常陌生，今早明明沒有霧啊。我站在馬路中央的安全島上，覺得自己像極濃霧中的一葉小舟。一輛雙層九巴經過，捲起一片灰黑煙塵。我眼睛苦澀敏感，隨即湧出兩大串眼淚，怎樣都止不了！身旁的老頭子斜著眼疑惑望我，我的臉登時火辣起來——綠燈亮起，我以最快的速度橫過馬路並衝向地鐵站。左手的紙袋奇重無比，裡面載有水彩、木顏色、乾粉彩和其他林林總總的小文具，因為我在跑，紙袋胡亂搖晃，頻頻打在我的小腿和旁邊行人的小腿上。

我幾乎以奔跑的速度橫過馬路，風揚起我的頭髮和素綠色長裙。急喘著氣，慶幸前面就是地鐵站口了！漸漸放慢步伐，掠過糖果舖、服裝店和門口掛滿頸鏈和手繩的飾物店，就在打算往右轉進地鐵站時，我驀地發現一件有趣的東西，腳就不自覺地給釘住了。我睜著淚水漣漣的眼睛，走近那個長年伏在地鐵站旁的報攤。

《忽然一周》旁邊是《跳躍》漫畫月刊。這大概是最新一期《跳躍》吧，封面是一個穿中國盔甲、拿著刀劍的男角色；角色上面是標題〈殺寇〉，標題右方出現了作者的名字：覺生。啊？覺生？作者是「覺生」？我「噗」一聲笑了，真是「覺生」啊！死傢伙！怎麼有新連載也不跟我說啊。

㊁

星期日下午，我教畫完畢，回到家，坐在軟綿綿的梳化上，打開了最新一期的《跳躍》雜誌。覺生的〈殺寇〉，第二回，這次給安排在雜誌中間的位置。

雖然出身將門，可是小時候的戚繼光，在成為殺寇功臣前，是一個從不殺生的小伙子。

那是夜的景色，畫面上黑和白的對比令我眼前一亮——天很暗，墨藍的天空有白雪飄降。雕上花紋的木窗櫺外，掉光葉子的老樹樹枝靜靜掛著幾根冰柱子。在幽黑的長廊中，忽然響起急步聲（噗噗噗……）和啜泣聲（嗚嗚……）。小繼光赤著腳，緊抱一隻病懨懨的野兔子，向走廊盡頭的房間跑去。

頰上眼淚滑下來，小臉和一雙小腳給凍得紫紅。兩位老僕為他左右打開房門，裡面丫環背著臉在小聲抽泣（嗚……）。他娘親躺在病榻上，父親溫柔地為她梳理頭髮，繼光看不到父親的臉，但他看見父親執著雕花木梳的手正在顫抖。繼光走近娘親，娘親對他微笑，笑得很痛苦但她還是笑了。繼光抱起那隻瀕死的野兔子，說：**「娘親妳……娘親……兔子牠……兔子牠……」**他抽哭、抽哭，直到父親拍拍他細瘦的肩膀，繼光才慢慢，定下來。口唇微震，顫顫地抖出一句：**「娘親，求妳一定要好起來……」**

我緩緩翻開另一頁，看見他娘親伸出手，一隻纖瘦而蒼白的手，掃一掃繼光臉上的淚水。接下來是娘親面部的特寫。他那美麗的擁有一雙大眼睛的娘親，露出美麗而虛幻的笑容。接著，手從小臉移開了，又放到那隻瀕死野兔的身上，細細撫摸。

天很暗，雪在飄降。近黃昏的時刻，他娘親在靜默中停止了呼吸。豆大的淚珠從繼光眼眶滾下來，他伏在娘親屍體上**「嘩嘩」**大哭，僕人拉他，他仰頭，拼死扯住床緣不放。僕人們只好相顧搖頭。

我再翻過新一頁，整個畫面突然變得光亮起來。一道朝陽晨光，白灼灼地刺著正在睡覺的他的眼睛。繼光用小手擋去部分光線，勉強地睜開眼——他看見那隻野兔子飛快地在他娘親身上翻來滾去。繼光張開口，揉了眼睛，又呆了呆。窗外有小麻雀飛過（吱吱……），他坐直，輕輕推著沉睡的母親，喚著：**「娘親，娘親，天亮了喲。」**

我伸手，按下門鈴，門鈴響了，是「瑪莉有隻小綿羊」。隱約聽到一把熟悉的男聲：「來了，來了。」

門開了，迎面而來是覺生的笑臉，他的笑容像太陽底下的向日葵。「好久不見了嗨，影影。」他說。我一面脫鞋，一面投訴：「對啊，有人把我忘掉了。」覺生伸手接過我的米奇布袋，帶著笑答：「怎敢？是妳說大學功課忙，我才不敢找妳。」我沒好氣地搖頭，進屋，一個勁兒癱在沙發上；覺生家的沙發軟綿軟綿好舒服唷。我環顧他家，還是跟以前一樣溫馨整齊。我問：「賓尼仔最近好嗎？」覺生轉到雜誌架旁，高瘦的身子蹲下來，一手抓起那團毛茸茸的褐色小東西，捧到我面前說：「好得很，牠好吃好住，最近重了兩磅。」賓尼仔歪著傻乎乎的圓臉定眼望著我，兩隻大耳垂下來，很可愛唷。我忍不住親了牠濕潤的小鼻子。

空氣浮盪慵懶的粒子，午後溫煦的陽光透過南方的窗戶，靜靜灑進室內；立在窗台上的黑色小陶瓶，表面反射出一層油黑的光輝來。

小几上，熱咖啡蒸出白煙，那醉人的咖啡香氣，一絲絲，一縷縷，直升到半空。我坐在窗邊的沙發上，茶几放上兩件新買的巧克力軟心蛋糕。舉叉嚼一口蛋糕，黑巧克力的味道非常濃郁。我凝視覺生平和的臉，笑著說：「你還是老樣子，沒變。」覺生問：「什麼？」他說「什」字時蛋糕屑從嘴角跌出來；「你好悠閒啊，家裡又整齊，不像畫漫畫的。」覺生搖搖手上的銀叉子：「是妳來得著時，早兩天這裡打仗一樣，修羅場。」

「你啊，什麼時候開始連載的？」我呷一口香醇的熱咖啡，咖啡的濃香和奶的質感在口腔盪漾。覺生也跟著拿起杯子，啜一口，答：「正式畫〈殺寇〉的稿子，三個月前的事了。」他「呼」一聲，說：「跟咱們以前畫同人誌可不同喔！找雜誌去連載真不是容易的事啊，從自薦到談條件到編輯終於點頭讓我畫連載，足足奔走了兩個多月呢。」

覺生把目光投向窗外，左手托著腮，右手把玩著小銀匙。小銀匙跟杯子撞擊，發出「叮叮」清脆的聲音。我說：「我看你壓力很大吧？這副樣子……」他輕輕吁了口氣。

我說：「畫連載可不輕鬆呢。」

覺生皺起眉頭，嘴巴圓嘟著說：「現在在那本《跳躍》月刊連載，一月交四十頁稿。」我問：「那本《跳躍》啊，主力轉載日本漫畫的對吧？」覺生凝重地點點頭：「八個連載故事，六個日本漫畫，只有兩個本地漫畫。少數民族啊。」稿費如何？「四百塊一頁，封面圖八百一張。」

「喂喂，這樣很好了吧，以前我畫一頁才二百塊！」覺生「哈哈哈」地傻笑，但忽然又頓了一下，抿著嘴說：「他們要求好像很高呢。」

㊂

最上方是一個沉睡的老人的面部特寫，他蒼老的臉上，細細碎碎地滿佈皺紋，而頭髮是白花花的。緊接下來是一個青年的面部特寫，一老、一嫩形成強烈對比。

故事中青年長得俊逸但神情憂鬱，細長眼睛微微上斜；那深褐的眼珠，透出疲憊和哀愁。

「**父親……**」他微微開口。

明王朝嘉靖二十五年秋・戚繼光・十九歲

床上躺著病重的父親。繼光以十指為梳，垂下眼，細細撫摸父親斑白的頭髮。父親在睡夢中連續咳嗽了好幾聲（咳嗚！咳嗚！），他一咳肚子便強烈地縮著，瘦削的臉容更顯枯槁了。繼光吞吞口水，挽起身旁的行李，站起來。手中的包袱似乎相當沉重。他小心翼翼地用雙手捧起它。躡手躡腳地推開大門；一陣秋風吹進房間內（呼呼……），繼光回頭凝視父親的臉。父親合上眼睛，面容平和。此時繼光把眼簾垂得更低了，一眨眼，交疊的睫毛抖上一顆細碎的水珠……

門「**嚓**」一聲關上，十九歲的繼光，在天還沒有全亮的時候，獨自踏上，背向家門的路。

我翻過第二頁。時空一跳，忽然由蒼涼灰暗的山村景色，轉到繁華繽紛的都城景象。這頁全是景色的描繪。第一格，盡是中式樓房的橘黃或灰的屋簷。多層的樓房上，掛著串串紅燈籠。路上有熙來攘往的人和馬車，路旁的小販在叫賣：「**清貨！清貨！菠菜一文錢！**」接下來的一格，端端正正映著一家客棧。

繼光抵達京城的第二天下午

午後陽光斜斜照在案桌的青花茶壺上，茶壺的邊緣發出亮眼光芒。一個背上擱著毛巾的年輕店小二走進繼光客房，左手挽著兩個青花茶壺，右手往衣領摸摸……摸出一封信箋遞給繼光。繼光伸手接了信，打開一看——

接下來是大特寫：繼光兩眼睜大，口微張，表情非常錯愕。他拿著書信的手有點抖，信箋上面有幾個形狀顫抖的文字：父親往生了。

畫面忽然又從光亮回到一片黑暗。窗外已經沒有任何光線了。夜裡，繼光面對一根蠟燭，在幽暗的客棧房間呆坐。他怔怔望著黑暗中惟一的燭火。那昏黃的火苗在抖動，忽明忽暗，因此他的影子一刻也不能靜下來。棗紅的蠟燭不斷溶化，滴呀滴。室內靜悄悄的沒有一點聲音。

繼光在沉默裡凝望，燭火跳動；他把眼皮緩緩合上……朦朦朧朧的，他看見年輕時外表威嚴的父親對他微笑，母親站在父親旁邊，抱著雪白的兔子，也對他微微一笑。我想這大概是繼光的夢境吧。一張開眼，繼光發現自己伏在案桌上。紅蠟燭已經變成一攤不成樣子的蠟堆了，而燭火，也在不知不覺間熄滅掉。繼光抬頭，頓一頓，東方的天空早已變藍了。

官府辦事實在拖拖拉拉，三天可以辦完的襲職程序卻耗了整整一個月，結果，他連父親的葬禮也來不及出席。

根據歷史教科書記載，明朝嘉靖年間確實是個頹靡的年代。覺生以前是唸文科的，他一定也讀過這些歷史吧。

新一頁，是一片荒野景色。在蒼白如紙的大地上，一個人的小影子，立在一塊碑旁邊。繼光呆呆佇立在父親墓前，眼神有點迷茫，風把他的髮颳得亂蓬蓬（呼……）。

他父親的身體早已給埋在黃土地下了，父親存在過的記號，彷彿就是那塊小小的墓碑。

繼光伏在父親墓前，叩頭，站起來，向半空撒冥錢——他仰頭，看見滿天白色的紙紮隨風飛舞，再無聲地散落到腳邊。

遠處地勢稍高的田埂上，三個帶笑的村婦提著飯盒前往附近的田地。繼光低著腦袋，跟她們擦身而過。他默默走在死寂的走道上，放眼一看，天是白的，土是黃的，枝條是枯褐的顏色……

他抬頭，望那高得不可思議的天空，那個沒有雲、沒有鳥、什麼都沒有的白色天空。順帶一提那畫面真是空盪盪的什麼也沒有！確確切切，是空白的一格！

覺生這傢伙真夠膽識的。

繼光走過灰色的道路，他身旁所有大樹，樹枝全是禿的。他倒抽一口涼氣，低頭自語：「**從老家來回京城，就只有這麼短短三四個月時間……**」風吹得樹枝搖晃，繼光兩手抱著自己的身體。

風揚起滿天沙塵，眼前景物變得非常灰白了。繼光停下來，低頭看自己的腳：

「**父親母親，告訴我，該如何走下去……**」

舉頭仰望天際，他露出茫然的表情。失神地在原地轉了兩圈，垂下眼，又喃喃說：「**想隨你們而去……**」

下午放學回家時買了最新一期《跳躍》，看完以後，晚上忍不住給覺生搖了電話。

「覺生，近來好嗎？」

「還好啦，又是那句，累……啊。」他說「累」字時，還特地把發音拖得輕而長。

「我今天看了〈殺寇〉。」

「覺得如何？」

「感覺很好。」

「啊？你看第幾回？今期刊登的是第三還是第四回？」

「是第三回。畫得很好啊。繼光仰起頭來之後那一格空白我喜歡死了！天哪，我想不到你果真一大格的把它給留空啊。」

「哈哈！」電話筒傳來覺生開朗的笑聲：「過獎過獎。」

跟我所認識的一樣，覺生仍是那個爽朗大膽有趣的人。「你真夠膽識。」我由衷地發出讚歎。

「不過那格呀，編輯部那邊是有些怨言的。」覺生似乎收斂了笑容，他續說：「那編輯問我『這一格是做什麼的，漏畫嗎？』我說『不是』，之後我就開始說自己的意見啦。結果足足討論了十分鐘，才准我保留原本的畫法。」

「一格……」

「對呀！就是一格而已，也不讓我拿點主意。」聽得出覺生有點火。

「算了吧，說到底最後還是讓你這樣畫。」我說。

「呼……」他在電話筒另一端吹了口氣；我想像覺生嘟著嘴那孩子氣的表情。

「第一、第二、第三回，我覺得那是我畫得最好的。時間比較充裕。」

「對啊，你在畫第幾回了？」

「第五幕剛完成了……」電話傳來覺生的呵欠聲：「他們現在要我儲兩期稿。妳看的都是我兩個月前交的稿子呢。」

「很累嗎？」

「累啊。要喝咖啡。」之後我隱約聽到冰箱打開的聲音。覺生又說：「現在都把咖啡當作水啦。」

「看你真辛苦呢……」我皺著眉苦笑。

「唉，總之，我的情況是，」覺生用力吸了口氣：「好戲在後頭。」

四

第四幕的〈殺寇〉跟前面數回有極大反差，這點我一眼便能看出來了。掀開首頁，強烈的血紅隨即粗暴地闖入眼簾。畫面上的赤紅色，靜靜向我作出挑釁。我緊閉口唇，認真地閱讀開首一段文字：

他的生命很蒼白，是鮮血的色彩和味道喚醒他的靈魂。

接下來，我眼睛跟一串鮮紅的影像直接交鋒！紅的天空紅的旗幟紅的土壤紅的血，所有東西給染上一抹艷紅。有二分一版面是繼光面部的大特寫——腮邊長出鬚根、眼神迷茫而驚惶的他，面上濺滿血花。他臉容明顯比第三幕時滄桑多了。下一格是繼光粗糙的手。他右手握住刀柄，護手不斷滴下鮮紅血水（滴滴滴）。發光的刃，平穩地貫穿一個年輕倭寇的身體。下接一句文字：

那是他第一次殺人。

我趕忙翻過下一頁。在寬大的山崖風景裡面，繼光跪在血泊中，旁邊有倒下來的人和馬的屍體。繼光低下頭，裂著眼睛，看見血窪的表面，反射出一些古怪的影像。盛放的紅桃和白梅、青翠色的草原、清溪中魚鱗發亮的魚兒、飛奔的野兔子、天空上一羣雁飛過、深秋滿地落葉的黃昏、娘親臨終的笑容、窗外的霜雪與枯枝、父親的石墓碑、路、蒼茫的天和地、京城裡華靡的樓房、達官貴人的宴會、戰場上數不盡的騎兵、黃沙、海、舞弄雙刀的白衣倭寇、刀子揮動的光輪、噴灑的艷紅……覺生大膽地用上十九格沒有對白的純影像，使我再一次見識到他的敢作敢為。

二十七年來的記憶在腦內奔馳。

覺生用十九格漫畫交代繼光生存了二十七年的歷史，是我始料未及的。這一串無聲的影像橫跨三頁，把我震撼得連呼吸也忘記了。

星期五晚上我看罷〈殺寇〉第四幕後馬上打電話給覺生，打算告訴他我非常喜歡那十九格純影像。可惜他家的電話給擱起了，打了好幾次也接不通。我想那可能是快要截稿的關係。

以敍述文字作為一幕的開端，已經成為〈殺寇〉一項特色了。

五

身為鎮守寧波、紹興、台州三府的參將，繼光今天才第一次切切實實地剖一個人的身體。

因為文字的關係，我推斷這幕大概會出現一些血腥場面吧；但奇怪的是這次的首頁不若上期，整個畫面沒有刺目的鮮紅，只有帶著陰森調子的灰色。第一格，是佔了三分一版的大格子，紅彤的雲堆洶湧翻騰，醞釀令人屏息的嚴肅氣氛。陰暗的天空，開始下起毛毛細雨來。雨末隨風斜斜飄降。遠方的山頭和海，彷彿籠罩了一層半透明的紗幔。

身穿銀白盔甲的繼光，策騎一匹純白寶馬在路上踏步。身後緊跟著步兵，在雨中形成一行長長的單行隊伍不斷前行；風一吹（呼呼呼……），「明」和「戚」的旗幟在半空飄揚。

我翻過一頁，是一個海崖的寬景，雲和塵埃在飄卷翻騰。

風中突然響起幽玄的海螺聲（嗚……）。低沉的聲音，（嗚……）在丘谷中迴盪。

坐在馬上的繼光眉毛上揚，向遠方張望；他緊緊把嘴唇閉上，面容異常肅穆。海螺聲（嗚……）盪了一會，便消散了。

風吹，雨斜，路邊柏樹蒼翠的樹梢微微搖晃。

繼光和他的軍隊靜靜立在原地，不動如山。風吹的時候，眾人的髮絲迎風飄飛，不久又徐徐降下。四周空洞而寧謐，只偶爾有馬匹噴出鼻息（呼。）的聲音。

混亂的人的驚叫聲（嗚嘩呀!!嗚嘩嘩!!）是突然從左方山頭響起的，把繼光身旁一個士兵隊長嚇得往後一跳！隊長旁邊那位小兵忽然瞪圓了眼睛，竭斯底里地尖叫：**「盧鏜的軍隊戰了！盧鏜將軍的軍隊被攻擊了！」**身後其他士兵馬上鬨哄起來（嘩！嘩！），他們有些本能地舉起長槍，有些不知所措地自語（怎、怎麼了……？），當中更多不自覺地後退幾步。繼光拔出鋒利的鐵劍大喝：**「保持隊形！保持隊形！」**繼光的坐騎鼻子噴出濃重的氣息；牠不安地往後自轉一圈，四個蹄子用力踩著泥巴，印下零零亂亂的足跡。

再翻一頁，是一個上而下、俯視角度的海崖寬景。看下去，海邊「盧」和「明」的旗幟已全部倒下來了。立在地勢稍高處的繼光，抿著嘴，額角沁出大大小小的汗珠滑到下巴去。他親眼看到遠處那些穿鎖子甲的明王朝的兵士，背向敵人，慌張地丟下自家的旗幟。有的本來不想跑的，因為大伙兒都在跑，也跟著一起跑開了。結果盧鏜那邊的人像潮水往四面八方逃走，當中更有些是瞧著繼光的方向死命跑上來的。

繼光身邊的士兵這時更驚慌了。他們手中雖然掣起長戟，可是身體重心早已移向後方。地上人和馬雜沓的腳印愈來愈多。繼光眉和額突然裂出很多青筋又張口吆喝：

「穩住！誰要逃跑，按軍法嚴辦！」他把刀握得緊，手指關節發出**「勒勒」**的響聲。

「慌什麼？我們數量上比鬼子多好幾倍啊！」

繼光的後方，忽然響起喊聲（叱呀——）。繼光回身——

一件類似馬的物事用力撞了過來！隨即把繼光摔下馬。在黑色的馬蹄下，面頰擦傷流血的繼光，用手肘支著地面，在泥濘中掙扎起來。

滾滾沙塵中，他仰頭，瞪著驚慌的眼睛。

我趕忙又翻一頁。讓我驚訝的是，這一格原來是滿滿全版的篇幅：

繼光背向畫面，面前是一匹巨大的黑色戰馬踢起一雙前蹄。穿青銅甲的倭寇坐在黑馬上，盔上有對鐮刀似的彎彎大角閃著耀眼鋒芒。倭寇右手用著日本太刀，藍森森的刀鋒，直直指向劈著閃電的灰紅天空。

接著畫面變得非常混亂了。漫畫格子也從原來的整齊方正，變成了傾側的幾何形狀。黑馬深紅的嘴唇向上掀起並露出牙齒，兩排牙齒間一塊銅色嚼鐵給磨咬得發亮；牠側起臉，血紅眼睛透出串串妖異目光射向繼光。繼光乾瞪著眼，顯然被馬的目光嚇到了。馬向他直衝過來，繼光本能地蜷曲身體用雙手護住頭。馬匹在他身邊三寸位置呼嘯掠過，巨大的馬蹄捲起泥巴飛濺到他身上。

我翻過後頁。黑馬掠過，幾個倭寇自遠而近奔來，他們身上都有甲、有角，弄雙刀。繼光身邊士兵紛紛掣起刀和槍，只有繼光一個仍呆滯地坐在泥濘裡。倭寇揮刀時在空中劃著大弧，刃子的舞動連成大白光圈。

倭寇就像有神功護身的鬼。

下一頁。滿身污垢的繼光吃力地站起來並扒起地上污穢的刀。旁邊一個穿藤甲的矮小倭寇咧著嘴「**叱**」一聲向他劈來，但劈不中，刀刃落在繼光右臂的旁邊。眼睛緊對眼睛，繼光與倭寇在極近處對望；藍白的電光忽然在他們身後閃起，照出二人恐慌的眼神。繼光頓一下，握緊手中的刀並順勢刺他；平穩的刀輕易地貫穿倭寇的身體，前胸插入，穿背而出，甚至沒有在肋骨卡住。

這是他第一次殺人。

我惶惶地翻過後頁，滿頁的鮮紅讓我有不祥預感……繼光灰褐的眼睛一直瞪視著；倭寇肉色的傷口不斷抽搐、收縮並湧出鮮紅的血柱子，時粗、時細。倭寇翻白了眼，跪下來；繼光的刀，穩穩地貫穿倭寇胸口，銀白的刀刃被倭寇的肌肉緊緊吸吮著，於是繼光跟著他，也緩緩地半跪下來。

血水沿著刀身往下淌，匯成一道紅河流下，流到護手，再汩汩滴到繼光膝蓋上。他握刀的一雙手猛烈地顫抖。

雨勢愈來愈大，雨水把繼光的頭髮打得濕透。在荒亂的戰場上，他跪在那些屍體旁邊，身旁的士兵有些在叫（呀呀呀嘩嘩……），有些在逃。倭寇的心臟仍不斷冒湧出鮮血，把四周的土壤灌得發黑。繼光戰戰兢兢把刀向後拉出，在原地，呆呆跪了好一陣子。滿臉都是倭寇的血。（怦怦怦怦怦！）他聽得見自己的心臟跳得飛快。

生存了二十七年的他，第一次殺人。

繼光眼睛發著光，淚水自眼眶滴下來。

我翻到第五幕最後一頁。在繼光背後，突然有十多個倭寇叫喊著（吒吒吒呀呀呀！）向他衝來。原本背著畫面的他倏地站起，轉身——面容極度平靜，眉頭放得很鬆很鬆，他暗淡的瞳孔內，凝聚著一點赤紅的艷爛光芒。繼光緊閉嘴巴，握刀，向鬼子走過去。

他從此開始殺人。

「覺生，其實我覺得〈殺寇〉劇情有點怪。」今天晚上跟住在附近的覺生一道吃晚飯，我終於忍不住這樣對他說。正在吃咖喱牛肉串的覺生停止了咀嚼，抬頭，疑惑地望著我。覺生「唔？」一聲便不說話了，似乎在等我發言。

但我實在不慣挑人毛病。答得很遲疑：「有吃不消的感覺。」最後還是尷尷尬尬地說了：「第五幕，內容好像……暴力呢，看下去……感覺有點……突兀。」覺生有一刻是垂下了眼的，但隨即又望緊我眼睛，於是我續說：「第四幕也有點怪……雖然我好喜歡你那十九格影像，可我就是不明白，怎麼前幾幕感覺這樣溫和，第四、五幕突然變得血腥起來？整個調子變不同了！」

覺生沒有正眼望我，只低下頭，彷彿認真地思考一些事兒。我羼一口咖喱飯放入口中，咖喱的濃辣嗆得我淚水直流！我急急拿起玻璃杯猛地灌冰水，覺生說：「那時候……我不是沒有猶豫的。」

他用手指輕搔自己面頰，始終迴避我灼灼目光：「那時候我在內容上是有所遷就的，但在表達手法上，那時我依然有我的堅持。他們起初也有聽我意見的。」他「那時」、「起初」地說著，我問：「你是指第四幕嗎？」他十隻手指緊扣一起：「起初我想描寫繼光在殺寇之前如何鍛煉自己，但編輯那邊一聽到便搖頭說『不行』了。」他兩隻拇指不停地互相打轉：「我說，劇情改一改，行，但我希望保留自己表達故事的手法。」

「到後來要畫第五幕的時候……」覺生雙手托著腮，眼睛看著那盆辛辣的咖喱汁，說：「他們又要我畫那些打鬥的東西。他們說『先試試看、試試看就好……』」他右手拿起鐵匙翻弄黃咖喱中的薯仔，又說：「之後好像真的很成功啊，這幾天就收到十幾封讀者寄來的信。」

他吃掉那些十分辛辣的薯仔，若無其事地笑了笑，說：「現在畫的第七幕，比第五幕瘋得多呢。」

陽光燦爛的星期六上午，十時許，鳥在「吱吱」叫。溫和的太陽光，擦過花墟「園藝街」路牌的邊緣，再斜斜曬進我身處的園藝店內。我蹲在花盆堆裡，皮膚跟

淡雅的茉莉香和桂花香纏纏繞繞。我托著腮，看我的霧雄，為美麗的百合花、孤挺花和鬱金香澆水。穿著墨綠圍裙的他彎下身，把小盆栽一盆一盆拿起，捧在掌心細看。霧雄小心翼翼為植物們摘除枯葉，再把它們齊整地排列在架子上，澆水，施肥料。

他忽然轉頭對我說：「看得這樣入迷啊，不如妳也試試種花吧。」

我「嘻嘻」笑了：「我喜歡看花，更喜歡看工作得入神的你。」霧雄偏頭竊笑，我走過去看他，他只是乾咳。我去看些香草，伸手摸一下薄荷的葉子，唔，很清香。我蹲下，托著腮，凝望藍天中白色的雲堆。遠處墨綠色樹梢在晃動，枝頭有小麻雀跳躍著，又飛到地上覓食。那些吐著花苞的比利時杜鵑，讓我感覺驚艷。

一切非常寧靜。

「妳在想什麼啊？」霧雄以手指輕敲我頭頂。

「你以前主修文化研究，想起來，跟這個工作沒太大關係呢。」

「妳知我多喜歡植物。工作，因為喜歡才願意做啊，不是嗎？」他拿著幾包種子擱在我肩膀上：「不喜歡的話便沒有意義了。」

六

也許他生下來便有殺人的天賦。

第六幕以繼光面部特寫開始。殺人以後，他的表情有著微妙的改變，這一幕跟上一幕的他又不一樣了。鬢髮給吹起來，掩蓋他半隻右眼。繼光沒有絲毫緊張的神情了，上一幕中他那不斷抖震的手，現在也已經完全鎮靜下來。

風雨正在灑颭，那藍黑的下暴雨的天空（沙沙沙……），忽然裂出銀白的電光來（轟隆隆！）。下一格，繼光的臉像厲鬼一樣可怕。在電光激照下，他猛地睜開眼睛，眼白很多而眼珠是赤紅的。

繼光臉上身上噴滿了死人鮮血。那十多個向他奔來的倭寇，看見掣刀的他，馬上煞住步伐。繼光以刀鋒指向他們，臉孔微微上傾，作出挑釁的神情。

那些矮小的倭寇們舉刀朝他狂喝（叱嘩嘩嘩嘩！），彷彿想以呼喝驅去心中的恐懼。

翻過後頁，漫畫格子通通變成傾斜的幾何形狀，我便知道一場激烈的打鬥又要開始了。鋒利的刀身閃著藍光，一揮（嗖——），下接的畫面順理成章變成一片紅色。

繼光一刀劈開倭寇的肩膀（噫呀！），立刻鮮血迸出！他臉上依舊沒有一絲表情。腳一轉、腰一扭，刀鋒又橫切開另一人的肚子（呀……）。一個倭寇握刀直直向繼光劈去！倭刀落在身邊，繼光隨即轉身，刀一斜，劃破倭寇右腕的大動脈（嗚呀呀呀！），整個畫面登時噴滿了血花。

一連四頁的打鬥場面看得我喘不過氣，胃液翻騰，有想吐的感覺。我戰戰兢兢翻過下一頁……幸好這頁沒那麼多紅色了……首格，映著下雨的天空。暗灰天空中，十數隻黑壓壓的大烏鴉在飛翔（鴉鴉……鴉鴉……）。

接著那一格很大，足足佔了整版三分之二，聰明的覺生選擇採用烏鴉的角度，自高空鳥瞰地面荒荒亂亂的戰場。泥黑地面躺著一堆屍體，有些仰臥，有些俯臥，也有些是相互交疊的。屍體正中央立著一個人，提著刀，平靜地踩在兩具屍體的腦袋上。

畫面略為灰暗，風和雨在半空捲成漩渦。廣闊的海崖上，一個策騎白色戰馬的將領，領著近百的步兵和騎兵在道上奔馳（咯咯咯……），白馬上將領右手拿著刀、左手握著一根旗杆。

紅色的、中央繡有金色「戚」字的旗幟，在狂風急擊下，激烈擺動著。

今天晚上接到覺生的電話。

「影影啊……」覺生遲疑地問我：「怎樣？妳覺得……第六幕如何？」星期五是《跳躍》月刊出版的日子，覺生大概猜出我看過第六幕吧，晚上給我打了電話。

「好血腥啊！那麼多血，嚇死我了。」我拍拍自己胸口。

「嘿嘿……唔……因為〈殺寇〉是武打漫畫嘛，」他又追問：「還有呢？還有什麼意見？」

「你今天要做『民意調查』嗎？」

「對啊，所以妳儘量説吧，我不會介意的。」

「唔……其實〈殺寇〉不錯啊我覺得……」

「不不，妳老實説吧！妳有話要説，我知道的。」

我吞了吞口水，「唔……」開始回憶對〈殺寇〉的真實感受；我吸口氣，説：

「唔，的確，我比較喜歡你以前的……」

「我自己知道啊。」覺生直接的反應讓我有點驚訝。

「我自己怎會不知道？我自己也覺得畫得差。」他顯然對自己的表現有點怨氣了，那是一種不忿的語氣。

「〈殺寇〉，起初很喜歡，現在很討厭。還是以前的作品好。還是以前的好，內容、故事結構、創意……現在都不及以前了。」他頓一下，又小聲地說：「受人掣肘嘛……」

「對啊。」

我怔怔地望著客廳天花那盞發黃光的吊燈，問：「他們要你改三改四嗎？」

「那你曾經爭取過、要求過嗎？」我問。

「有，我向他們解釋我的概念，也有提出新意見，但都被打回頭了。」他呼口氣：「他們是老闆，你是打工的，爭什麼？」

接著他停頓數秒，續說：「有時反而會覺得，那是自己的問題嗎？是自己不符合大眾需要嗎？」

「所以你放棄了？」

「唔……怎麼說呢，唔……也不算放棄……只是……身不由己。」

「你這就是放棄了吧？」我皺眉說。

「沒有、沒有，才沒有放棄！」他把話說得很快，激動的語氣。

他一串串地辯駁：「我也有理想的，我也有堅持的！但妳是知道的，漫畫雜誌社一間接一間倒下，這幾年從六、七本到剩下三、四本，連生存空間都沒了，還有執著內容的餘地嗎？」

我們沉默了。

我們沉默了。

我忽然感到有點疲累，眼簾不由自主地半垂下來。

「那現在的故事，你打算如何發展下去啊？」我問。

覺生幽幽地自言自語：「現在畫第八幕啊，第八幕……大猷……打算讓他出場。」

第二天晚上跟霧雄在一家餐廳吃牛排時，我無意間把覺生的話告訴霧雄，豈料他反應很大：「怎麼可以這樣啊？」他又說：「這樣真的可以嗎？連自己的東西都不愛了，這樣子不是很可憐嗎？」

㈦

不知從何時開始，他視殺寇為生命中最大的目標。

一支箭在雨中滑翔。箭頭的邊緣透出森森白光來。慢慢地它往下墜、往下墜、往下墜……「**嗖**」一聲，正中倭寇的喉頭！「**沙沙沙**」噴出紅艷艷的鮮血來。

矮崖上，百多個高舉「明」字旌旗的士兵齊聲發出狼嗥似的歡呼（哈哈嗚哈哈哈哈！）。士兵中央有一匹白馬，白馬上，穿銀甲的年輕將領挽著大弓，臉上掛一絲輕蔑的笑容。

「戚將軍他射中敵酋了！」身邊的年輕小兵興奮地呼叫。

矮崖下，數十倭寇團團圍住首領的屍體。一個瘦削的倭寇仰起頭，驚慌地指著繼光的方向大叫（喝吒啦嘩哪！）。這頁最後一格特寫了那倭寇的表情：異常驚愕！瘦削的他，一雙充滿血絲的眼睛瞪得大大的！

我急不及待翻過後頁。讓我驚訝的是，畫面原來是滿滿的一版。在巨大的漫畫框格中，所有倭寇背向畫面，並同時仰望天空——在蒼白的下雨的天空中，原來有數不清的箭矢，密密麻麻正向他們飛來！

這靜默的定鏡把那一瞬的時間和空間，釘起來。我屏息，心裡「嘩」的一聲。覺生的漫畫確實擁有令人「嘩」一聲的能耐。

一束束黑色利矢衝著那數十個倭寇，交錯像傾斜的雨線瘋狂灑下。接下來兩頁都是鮮紅鮮紅的畫面，當中不乏恐怖大特寫。天啊，剛吃過中飯……我就飛快地把它們翻過去了。

我不斷翻、翻、翻，直到——

騎白馬的繼光和他的士兵同時轉過頭來。

（嗚哎哎呀呀呀！）又有另一路騎馬的倭寇隊伍來勢洶洶，向繼光他們直衝上來！下一格正中央是坐在馬上的繼光；他冷靜地望著那隊慓悍的倭寇，緊閉兩唇，神情極為冷峻。

他伸手抄起身旁大弓，搭上箭，向右扭過身來。他單起如鷹的眼睛把弓弦使勁向後拉，後拉；箭頭瞄準，策馬奔在最前方的、頭上有彎角的、蓄小鬍子的、倭寇，他的眉心。繃緊的弦發出**「勒勒……勒」**的聲音。

繼光把眼睛瞇得細細長長——突然激出凶光！他手一放鬆利矢**「嗖」**一聲破空！倭寇首領眉心中箭，在近處**「嘩」**的一聲慘叫，摔下馬。

繼光踢著馬肚，**「哈哈哈」**地笑著揮刀。之後畫面盡是一片鮮紅鮮紅。

我飛快掀過其後四、五頁，都是血肉橫飛的畫面；我不斷翻不斷翻，一直翻到最後一頁最後一格……是一段敍述文字——

「**幾經艱辛，戚繼光終於成立了戚家軍。**」

我眼睛瞪得很大，「戚家軍」？「戚家軍」是什麼？天啊！什麼啊？我已經跟不上了。

星期六下午，我跟我的霧雄一道拍拖看電影。

我們看罷《最後武士》，從電影院走出來後一直「事後檢討」，從湯告魯斯的滄桑説到維新政府的正正邪邪再説到「最後無事」的笑話，「哈哈哈」我倆都笑了；我們手挽手在尖沙咀的大街胡亂逛一番，腿都酸了，買了兩杯熱烘烘的朱古力咖啡，踱步到海旁去。

我倆坐在藝術館後面近海的欄杆上；當時天色已經昏沉了，大大的夕陽，落在那棟尚未落成的國際金融中心的右邊。因為背光的緣故，海對面所有建築物只剩下灰黑的影兒，惟有天和海，是金黃的。兩隻麻鷹悠然拍動雙翅，在稍微寒冷的空氣中靜靜滑翔。

我記不清楚我們是如何談起覺生和繼光了。我吹著海風，呆了呆，從米奇布袋掏出那本上午購買的《跳躍》，遞給正在喝咖啡的霧雄。霧雄右手拿起杯子啜一口，左手把書接過來：「讓我看看。」他把雜誌攤開並擱在大腿上，仔細地、一頁頁地翻著。黃昏光華映照他平和的神色，深褐的眼珠兒盯著書本，緩慢地、自上而下移動，當他看到最底那一格時，黑而濃密的睫毛便水草般柔柔垂下去了；霧雄一向沒有看漫畫的習慣，但到底還是耐心地把它看完了。迎著濕潤的海風，霧雄吸了口氣，轉過頭來苦著臉對我說：「真的很血腥啊！」

「哈哈，」我乾澀地笑兩聲，點點頭說：「也有相同的感覺。」

「覺生多大了？」霧雄歪著頭問。我答：「比我大六、七年吧，是以前一些畫漫畫的伙伴們介紹我認識的。後來我們大伙兒一起畫同人誌，就混熟了。」我說罷抬頭望黃昏的天空。

兩隻鷹，在黃昏的維多利亞港上空優雅地滑翔；其中一隻在國際金融中心的黑影前盤旋一圈後，兩翅突然靠背部一縮，紙鳶般轉下水面去。牠伸出爪子，不斷用力拍動兩翼，在波光粼粼的海面掠食。牠飛起來，又撲下去，飛起又撲下。到牠重新振翅上升時，另一隻鷹早已不知所終了。

我說：「我真有點失望了。」

我小小地呷一口暖的朱古力咖啡，朱古力味很濃，但有點苦：「他以前不是這樣子的。感覺是很有理想的一個人，創意無限。畢業之後他就當漫畫家啦，很喜歡畫溫情漫畫。作品都很出色，總是暖烘烘的，窩心的。」

當晚我收到覺生的電話。電話筒傳來覺生的聲音：「今天那編輯用排行榜來壓我！說香港漫畫排行低！」那是一種憤怒的聲調，他像小孩子向我抱怨：「暗地裡指指點點，說什麼香港漫畫不夠水準，日本漫畫才精采，真廢話！」覺生十分的火，我拎著電話聽筒，站在客廳中央，皺眉頭。他一串串地說：「那些人，最喜歡看打鬥情節，我多畫一點他們就歡喜多一點，要討他們歡心有什麼難度？我今天就收到十多封信啦，說打鬥場面『好激』、『好正』，那些日本漫畫算什麼？終有一天，走著瞧，我不信打不過他們！」

㈧

戚繼光在龍山所大捷後名揚四海，轉眼間，兩年過去了，他參加了著名的岑港之役。

什麼？這麼快就兩年了？一轉眼便兩年了？劇情跳得真快啊。

天很藍，四周樹木青蔥，翠色的相思鳥在枝頭歌唱（吱吱——），陽光穿過樹葉間的空隙，斑斑地落在於樹下睡覺的士兵們的頭上（呼嚕呼嚕……）。我忽然想起這是〈殺寇〉首次出現稍有生機的色彩。

嘉靖三十七年五月・溫州

紅旗金字的「帥」字旗幟在晴空中飛揚。營帳前，身穿素白衣裳的繼光立在沙地上，手中緊握一柄刀。他細細長長的眼睛凝神注視泛著藍光的刃子，如鷹的眼神與刀鋒對峙。

「繼光賢弟。」

繼光轉過身來，露出略為驚訝的神情：**「大猷兄，酒醒了嗎？」**

「大猷」，哦哦……是大猷，這就是大猷，覺生之前說過的「大猷」。

接下來是大猷的全身畫像：一個五十上下的男人，身穿褐色短布衣，腰際斜斜插著一柄短劍；他身材碩壯高大，剛硬的頭髮和眉毛向上剔起，下巴長出蓬蓬鬍子。

大猷笑問：**「賢弟，玩什麼刀啦？」**

繼光看看自己手中長刀，嘴角泛起冰冷的笑意；他把刀翻過來，讓大猷看清刀柄和刀鋒。

「**這刀造得奇啊！**」大猷睜睜眼睛。繼光給大猷遞上長刀，大猷接過並仔細觀看：「**這刀怎麼了啦，簡直就像……**」繼光瞇著眼睛，泛起寒寒的微笑：「**對，這是我創作的倭刀。**」接下來是倭刀的大特寫：倭刀單邊開刃，刃上拗，形狀跟鬼子要的日本刀完全沒有分別。奇特的是那倭刀的刀柄是中式的；方正的護手上，細細刻著兩頭咧齒的金麒麟。猛烈的日光打下來，射出一圈白色強光，刺痛大猷的眼睛。

「**我是以其人之道還治其人之身。**」繼光忽然滅了笑容，把刀輕輕取回去。他以手指揩抹刀身，刀身反映他兇悍的臉。他兩手握刀，模仿著倭寇的姿勢和功架，把倭刀狠狠地要揮一番。

「**終於要跟倭賊死戰了！**」大猷用力揮出直拳：「**很興奮，報國是咱們的天職哪！**」大猷向繼光作揖，繼光收住刀，也對大猷作揖。

「**報國……**」接下來畫面特寫繼光的眼睛。垂下眼，眼神有點疲憊，輕輕笑一下，又說：「**這有點虛幻……我想，殺人，打勝仗，才是我的天職。**」覺生為什麼要繼光說這些話呢？不明白。大猷也不明白吧，表情相當迷惑。

下一頁。繼光轉身背向大猷。風把他黑亮的長髮吹起來。一隻五彩鳳蝶在他面前掠過，他垂頭，舉頭，又轉過身來。忽然笑得相當開懷，並露出了雪白的牙齒：「**殺人的時候，我完全沒有生存的迷惘。**」

再下一頁，是一個極寬闊的遠景。泱泱大江的岸頭，有連綿不盡的旗幟。黃色旗幟上一律繡有「明」字。無數「明」的小船在江邊游弋，等待什麼似的。一個小兵雙手捧住文卷跪下，並把它呈獻給繼光。繼光把它掀開，細看，說：「**今次不是把倭寇打跑了就算，我要殺盡！**」

二月初的週末下午，我和覺生相約在古老鐘樓下見面。那天我早到了，掏出我那台稍為笨重的數碼相機，拍花拍景、拍熙熙攘攘的人羣。在茫茫人堆裡，鏡頭中，出現了覺生的身影。他自遠而近向我走來。

隔著鏡頭，我彷彿把他看得更清楚了。他雖然很高，但其實很瘦，一步兩步三步，走起來腳步緩慢、沉重……我想他一定很累了。他愈走愈近，看見我拿相機拍他，就誇張地後退一步。我作出勝利的手勢，他笑哈哈地縮一縮肩膀，我也笑了，趕忙「咔嚓！」一聲，把覺生的笑容記錄下來。

我踮起腳重新端視覺生的臉，我說：「你眼圈兒很大，像隻熊貓。」覺生誇張地用雙手掩起臉來，我便哈哈笑了。

「連載方面如何啊？」我身體前傾，手肘支著金屬欄杆問他。

「每天都看死線畫稿。」

「很辛苦嗎？」

「這兩星期每天只睡兩三小時。」他指指自己的黑眼圈，說：「壓力多多少少有一點啦。不過總算值得的，有很多迴響，都說『打得過癮』。」

我倆站在尖沙咀海旁，霍霍寒風把我們的頭髮吹亂。

他又開口：「妳覺得〈殺寇〉如何？」

他又問了，我登時語塞，忽然想起他之前那幾套短篇小品漫畫。

我雙手托著腮，看著在海面滑翔的那些水鳥，對他說：「總之不是覺生一貫風格。」

他握著欄杆的雙手繃得緊緊，「妳說得對、妳說得對。」他突然變了語氣，是一種焦躁的語調。他揚起眉一串串說：「妳說得對，的確不是我風格，但我覺得這樣很好啊，不是嗎？以前我畫那些愛情、親情小品都不能賣座，沒有人會欣賞的！現在〈殺寇〉不同了，畫法和風格跟以前大大不同了，血腥一點讀者才喜歡啊！不是嗎？他們都喜歡看暴力漫畫。」
「但這樣沒問——」
「在大雜誌連載，感覺就是不同。又能收到讀者的信。《跳躍》是大雜誌嘛。大雜誌通常要求多一點啦。對啊，大雜誌通常要求多一點啦。」他又說：「沒辦法，多人看，有迴響，稿費高嘛。」

⑨

這是一場動魄驚心、無比殘忍的殺戮！

無數馬蹄捲起滾滾沙塵。繼光和騎兵來到霧氣氤氳的大江附近，風景廣闊而人物非常渺小。繼光麾下的騎兵露出恐慌的神情。霧堆中，一艘巨大如城堡的戰船出現了。
「八、八幡船？」繼光身邊的年輕小兵驚

呼。八幡船向旁邊「明」的小船狠狠撞過去，小船馬上被撞得粉碎。

巨大的八幡船在繼光前面掠過。

「**好傢伙……**」繼光眼睛瞪得好大好大。「**好傢伙！**」他用力跺腳，嘴角泛起古怪又瘋狂的笑意。「**真有意思！**」黑髮因憤怒和興奮倒豎起來，他拔出倭刀大喝：「**快追那八幡船！**」轉身又呼喚他的親衛騎兵：「**我的好將士！殺！**」

繼光收起倭刀，勒馬彎弓，「**嗖**」的一箭，操舵的倭寇「**嘩**」一聲仰天倒下；另一個倭寇補上操舵位置，「**嗖**」的又是一箭，鋒利的箭頭插進倭寇眼睛裡。

倭寇首領奔到船尾，一看，發現掌舵和搖櫓的都倒下了，身上滿滿地插了箭矢！往腳下一看，甲板浸滿鮮紅的血水。抬頭，看見八幡船旁邊的土丘上，數十騎兵一字形橫排開來；他們大弓盡開，數十個鋒銳箭頭以他為目標……接下來是倭寇首領中箭噴血的畫面。

船上幾個躲在木箱後、不敢走向船舵位置的小嘍囉被首領的血噴到了；他們面上露出惶恐的神色，身體激烈顫抖。

下一頁，「明」的小船已把巨大的八幡船團團圍住了。他們放火，射箭，斬人，以多敵寡地把船上的倭寇殺得血肉模糊。那些畫面實在血腥，我本能地把它們直接跳過，不看了。

斷臂的倭寇跪拜於明軍面前，流著淚，說著求饒的話（嗚……啊沙……丫……）戚家士兵皺皺眉，又笑笑，清脆地一刀把頭砍劈下來。

早上上學前，我打開廚房窗子，探身去澆那些種在花槽的花；初春陽光輕輕灑在身上，暖著我身體。上星期我終於把霧雄給我的百日菊種子埋下了。在清風、陽光、鳥聲的滋養下終於一一發芽，再看，旁邊種了四個月的金盞菊、矢車菊和矮牽牛，也一天天地茁壯成長。

正當我細細澆花，電話響起，是覺生。

「早晨啊覺生。」

「妳現在忙嗎？」他問。

「我啊？」我想一下，說：「沒什麼好忙的，正在澆花。過一會回學校。」

「澆花？原來妳喜歡種花啊？」

「是啊，我男朋友在園藝店工作，常常送我種子。」
「不買現成的？」
「不喜歡種現成的。」
「我家樓下的花店，一盆花，花開得大大的，才不過二十五塊錢！」
我奇怪他為什麼這樣早打電話來，問：「你呢？忙嗎？」
「我失業了。」
我拿著電話筒發呆。
「〈殺寇〉到第十一幕便完結了。他們要我盡快完結。」
「什麼？」
「哈哈，」覺生乾笑兩聲，無奈的語氣：「幾期後有新的日本漫畫開始連載，他們逼我在十一期內把〈殺寇〉結束呢。」

下午放學回家，似乎有一波寒流來了。一陣濕冷的風吹過，天空突然漆黑一片，世界末日似的，隨即「嘩啦嘩啦」下起大雨來。我站在巴士站，滿腦子都是覺

生的事。

我沒有帶傘，冒著傾盆暴雨飛奔回家。回到家我全身已濕透。進了廚房，吁口氣，並打算倒一杯水；拿起瓶子，瞥一眼窗外的盆栽——

天啊！我的花兒今天竟遭逢橫禍！在突如其來的暴雨的擊打下，葉子和莖幹通通塌陷下來！我惶惶把它們一盆一盆搬進室內，放在廚房的洗碗盆上。它們葉子滴水如滴淚。天啊……我那足足栽種四個月的草花，它們嫩綠的葉子被打爛、打軟；就連那些再過三兩天就會綻放的金盞菊的花苞兒，結果也因為一場不明的暴雨，被徹底摧毀。

我拿起剪刀，把被淋壞了的、軟下來的花苞和小葉給剪掉。下手的時候，剪刀發出鋒利的聲音，「嚓」的一聲花苞就掉下來了，感覺相當清脆。我心裡面有說不出的酸楚，有一種掉淚的觸動。

⑩

一切變得相當失控了。

第一格，是十來根發著紅光的火把。第二格，士兵們同時將火把往外一拋；第三格，「**蓬**」的一聲，整頁畫面變成火紅一片。第四格佔全頁三分二大小：倭寇巨大的八幡船沐浴在烈火的海洋中。

「究竟是誰幹的？」繼光坐在白馬上，額角裂著青筋喝罵：「**是誰允許他們擅自燒船的？**」數百明軍圍在江邊，火焰把寇船完全吞噬了。「**看他們怎樣死吧！看他們被燒死吧！**」他們不斷叫囂，有不少「**哈哈哈**」地指著八幡船大笑。

瘋癲的部下（哈哈哈哈看那畜牲快被燒死了！），焚燒的船（蓬蓬……），人的臉全扭曲了，變成獸的模樣。繼光仰起臉，紅色的天空傾斜了，水也不像水了，通紅如血。

一切已經失控了。

畫面特寫繼光惶惑的臉孔。赤紅的焰火烤得繼光前額冒汗。「**嗚嗚嗚嗚嗚嗚呀呀呀呀呀呀！**」的慘叫在他身邊迴環。十幾個倭寇同時在火堆中瘋狂掙扎，有些在地上痛苦滾動（嗚嗚嗚嗚……），有些「**唉唉**」慘叫，燒焦的雙手在火中揮撥著。

繼光惶恐地望著那些地獄的慘象。突然，他軟弱的目光跟另一個兇暴目光狠狠相撞！一個瀕死的倭寇裂著眼睛瞪他！倭寇在業火中扭動身體，血管爆烈的火紅眼睛張得圓大。兩者眼神互相碰撞的一剎那，繼光的身體激烈地震動了！

已經失控了。

他後退半步，低頭看看手中滴血的倭刀，抬頭又看看那瀕死的倭寇，轉身他又看看獸一般吼叫（嘩嘩哈哈哈哈哈！）的部下，又回身看看焚燒的迸出金色火星的寇船；他手上倭刀的刀刃，反射出一點游走不定的光斑，照在繼光的臉上，那點白色光斑不停閃爍，不斷刺激他滿佈血絲的眼睛……他低頭，緊掐倭刀的手已經不能鎮靜下來了。

一切一切已經失控了。

當倭寇在火焰中發出不像人類聲音的嗥叫聲（嘩嗚嗚嗚嗚……）、而明軍在旁邊發出不像人類聲音的歡叫聲（嗚嗚嗚嗚哈……）時，他又突然醒悟到：

失控的人，跟畜牲其實相去不遠。

「我在做什麼呢？我究竟在做什麼呢？」繼光自語，豆大的汗珠滑過他蒼白的臉龐。跪在巨大的火焰旁邊，他又說：**「如果那是為了生存而做的，也就應該沒有對錯之分了。」**他頓了頓，抖震的手掩起嘴巴：**「但我現在竟然感到恐怖啊！」**

三月，我家小苗遭逢另一波橫禍。

一度以為來訪了的春天，突然又浪濤般後退了；我那些孤苦無依的百日菊小花苗——那些依靠攝氏二十度以上溫度生存的小花苗，在寒流下一分一寸發黑枯萎……

我忽然覺得鼻子很酸，眼很澀。我這些日子在等什麼呢？盼待什麼呢？結果還是枯萎。

十一

繼光在甌江會戰獲得大勝，但天有不測之風雲，上司胡宗憲懼怕繼光力量坐大，除了隱瞞戚繼光的戰功不上報外，更找藉口把他解職……

〈殺寇〉裡面的敘述文字到最後變得很長了。覺生一定非常疲累吧，才會以比較輕鬆的方法交代劇情。他曾經告訴我，第十一幕是最終回。

第一格，鏡頭映著兩個人的背部。第二格，是兩個人的手的特寫，他們的手被屈曲在背後，一條粗麻繩把雙手狠狠束縛住。第三格，兩隻腳踢中二人後膝。第四格，他們同時跪下來。

二人舉起頭，是繼光和大猷。

一個身穿官服，頭頂方帽的官員拉開文卷誦讀：「**總兵俞大猷、戚繼光剿倭無功，輕失臺州防地，恐與倭賊有通，當即逮捕問責，押送刑部發落。**」

繼光和大猷眼神十分迷茫。大猷喃喃自語：「**為什麼……為什麼會變成這樣？我一心報國……竟被看成通倭……**」

天色異常陰暗。風很大，把濃雲都絞成漩渦；地面上微塵紛飛亂跳，眾人眼睛被砂土割得流淚。繼光睜著淚水漣漣的雙眼定定望著大猷。

風起雲湧，醞釀了很久很久，終於，第一滴雨點，細細地黏到繼光臉上來，此時他突然「**哈哈**」仰首大笑：「**大猷兄，你我的志向雖然有別，但下場相同呢……**」

大猷與繼光在沉默裡互相對視。雨水把他們的頭髮和布衣打得濕透。

繼光搖頭：「**我們目標不同，下場卻相同呢……大猷兄你的志向是報國，我純粹為打勝仗的快感而殺人。**」繼光「**呼**」一聲深深歎息，接著又輕輕泛起絕望的笑容：「如果那是為了生存而做的，也就應該沒有對錯之分了，我一向是這樣想的。但我在甌江會戰時竟然猶豫了啊！我竟然懷疑自己活著的價值！」繼光苦澀地笑了，哆嗦一下，忽然「哈哈哈」的，又說：「我徹底後悔了！我徹底後悔了！反正一切都會完結，我幹嘛一開始不去尋個比較偉大的理由啊？」

我翻過另一頁。畫面突然跳到一個有霧的早上。

甌江會戰後兩個月

濃霧中，有繼光、白馬，還有一個年輕小兵。繼光拉過白馬，正想跨上去。身邊的年輕士兵捧起包袱，遞給繼光，說：「**將軍，**」繼光隨即說：「**我已經不是將軍了。**」年輕小兵哭喪著臉：「**刑部已經搞清楚一切了，他們知道將軍的功，要把您復職，但將軍您為什麼……**」

年輕小兵滴下眼淚：「**您不打算回來了？**」

在沉默裡繼光左腳踩著馬踏，右腳輕輕一跳，跨過馬身，安坐馬背上。他面色十分蒼白，笑笑說：「**我一直以為自己喜歡殺寇，一上戰場，彷彿什麼都不用想，**

只要打勝仗就行。可是、可是……我後來又猶豫了……」繼光把腰際的倭刀整把拎起來，緩緩地拉出刀子，凝視它，垂著眼……日光打下來，刃子透出朦朧的一圈白光……繼光用手稍為量度一下刀的重量，最後才把它牢牢佩在腰間。**「我竟覺得殺寇的自己像具行屍走肉。」**他疲憊地說。

「將軍，」小兵呼喚著：**「您會回來吧？」**

繼光搖頭，淒苦地笑一下，說：**「我不知道啊，我心現在很混亂。我只知道這樣子上戰場，恐怕馬上會被殺死吧。」**

「戚將軍，」小兵激動地問了一遍：**「您會回來吧!?」**

坐在馬上的繼光摸著倭刀的柄子，獨自沉吟：**「我是為了什麼生存呢？我為了什麼而活？我一踏上戰場，一切彷彿變得身不由己了，我只想打勝仗。我並沒有偉大的理想，只是想生存下去，然後過些有酒有肉的生活，僅此而已。但我後來為什麼又猶豫了？」**

眼望遠方有霧的山頭，接著雙腳一夾，馬兒就開始向前步行了。

戚將軍，
您會回來吧？
我是為了什麼生存呢？
我是為了什麼生存呢？
我一踏上戰場，一切就變得身不由己了，我只想打勝仗。我沒有偉大的理想，只是想生存下去，然後過些好的生活，僅此而已。
但我後來…… 為什麼後來又猶豫了？

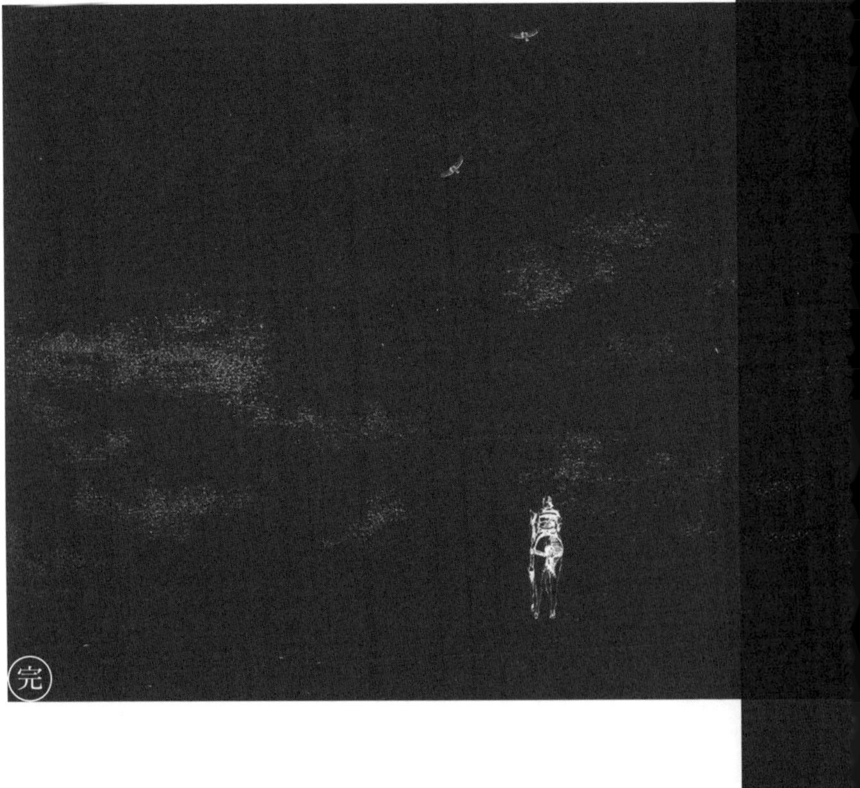
完

心情跌落深淵了。百日菊花苗在寒流襲擊下最終劫數難逃。我親眼目睹花苗生至死的全部過程。它們綠油油的葉子不再挺直，接著邊緣開始腐爛，再過幾天，整棵倒下來。今早我終於狠下心腸，把百日菊小苗的殘骸連根拔起，放進垃圾桶。

這幾天我找不到覺生，他家電話無人接聽。

我跑到霧雄工作的地方去。週末的花墟人潮湧湧，我迷失在迷離的花香中，好不容易，在茫茫人海裡終於找到霧雄。淚快要淌下了……我用力執緊他的手，告訴他：「我的百日菊都凍死了。」扁著嘴：「連金盞菊也快不行了，早陣子明明要開花，結果一場暴雨把花苞都打壞了。」

「不要擔心。」霧雄摸摸我的髮，說：「花苞毀了，會再長出來的。」他說話時面容極平靜，彷彿正在訴說一些真理：「它不死的話總有開花的一天，遲早問題。」說罷瞇起眼睛一笑。

溫熱的陽光滑過我們臉頰……我看著他奇妙的笑容，忽然感到了安慰。他微笑著把一包小東西塞在我掌心。我一低頭，哦，是滋養植物的肥料。霧雄輕拍我的頭頂，又掐掐我鼻子：「對啊，再堅持一下吧。」他牽著我冰凍的手，就這樣，我們慢慢走過芳香的道路……

下午我回到家門前，拿出鑰匙，在開門鎖的一刻，心中突然升起奇異的預感；

於是我急急脫下鞋子，走進廚房一看！事情果然奇跡似的發生了——原本種在百日菊旁的一株似死未死的金盞菊，竟在暗角悄悄綻放了。

我看著那惟一的花兒，頃刻的感動令我呼吸困難。推開窗，午後陽光灑在黃金色的花瓣上，我用力吸氣，瞬間嗅到濃郁的花草香氣。

天啊！冬天時差點被凍死、初春時又差點被雨水打死的金盞菊，竟然開花了！

我還抱那盆初放的花兒，跑著，一邊打電話給霧雄，興奮地告訴他「花開了花開了，我第一次種成功了！」卻不知為何很想把花拿給覺生看。一路上我眼睛酸澀酸澀的，眼淚都快掉下來。仰著臉，溫煦陽光灑下來，淚水折射光線，頃刻我看到的整個世界，滿載了繽紛的虹彩。

我抱著那盆花，跑到住在附近的覺生家。我站在他門口，用力喘氣，他在家不在？怎麼我不先搖個電話？我按下門鈴，門鈴響了，依舊是「瑪莉有隻小綿羊」。音樂奏完了，沒有人應，我再按一遍，「瑪莉有隻小綿羊」。

「等等，我來了、來了。」我聽到奔跑的腳步聲，門開了，是覺生。

「嗨影影，是妳啊！」一如以往，覺生露出快樂的笑容：「進來吧進來。」他指指我捧著的金盞菊，疑惑地說：「欸？怎麼不向店鋪拿個購物袋？」

我低頭看那金黃的花朵：「這不是買的，是我種的，它今天突然開花了，是我種的第一朵花啦！」

我把金盞菊放在玻璃茶几上。「好可愛啊。」覺生說。我笑說：「對吧，對吧，是我種的耶！」

覺生走進書房，出來時拿著厚厚一疊漫畫稿子，把它們遞給我：「妳看看。」都是一些鉛筆稿，還沒有上墨線。我翻著稿，繼光？咦？繼光？繼光？

「是〈殺寇〉的稿子？」我瞪著眼問。「對啊！對啊！」他不停點頭。我腦子完全混亂了，問：「〈殺寇〉不是完了嗎？」「對啊！對啊！第一輯完了，還有第二輯。」他揚揚眉毛，作了個勝利的手勢：「雜誌那邊收到很多讀者的信，說想看〈殺寇〉續篇，就叫我繼續殺下去啦，畫〈殺寇〉的第二輯。我想，這又是一個機會，就點頭應承他們了。幸好……幸好第十一幕是『開放式』的結局……」

「哈哈，我早就說過啦，他們最喜歡看血腥的殺戮打鬥！」覺生說話時語氣堅定，彷彿在說一個永恆的真理。他的笑容熾熱得像陽光下燦爛的向日葵。

「你真好啊！羨慕死我了！」我說。

「妳也畫吧！我認識另一家漫畫雜誌的編輯，他說想添一個香港漫畫，過兩天介紹妳認識吧。」覺生在廚房一邊給我沖咖啡一邊對我說。

我指指自己下巴：「什麼？什麼？我？我？真的行嗎？」

「為什麼不行了，妳以前也畫過一陣子吧。」覺生笑著說。

我點頭，實在很想知道多一點啊，我追問：「這是什麼雜誌？」

覺生從廚房走出來，手中拿著兩杯咖啡，說：「是《光輝》呢！聽過了吧，也算大公司！聽説稿費不錯哦，跟《跳躍》差不多。」

我喝一口香濃的咖啡，腦子開始不能自控：是機會！是機會啊！什麼類型的漫畫？他們要我畫少年漫畫還是少女漫畫？少年漫畫比較好吧，少女漫畫只有女孩子看，少年漫畫男女都看，當然少年漫畫比較好……彩色還是黑白漫畫？彩色漫畫可用電腦上色，不過辛苦啊，也耗時間，一定要多收些稿費！現在讀者喜歡什麼樣的畫風呢？喜歡日系漫畫嗎？還是港式打鬥？畫港式漫畫太費時了，不經濟，還是日系比較穩當。題材、題材……溫情的不夠「大路」，搞笑的我不懂畫，懸疑太費心力，還是打鬥好，打鬥好，熱血漫畫好，愛情也好……他們要我畫多少頁呢？太多不行，最多一日畫一頁，一個月最多三十頁，要上學又要教畫。不過説到底，先看看稿費，稿費低於三百絕對不考慮了……至少四百……四百……不、還是先看看他們反應，先開五百……五百……

IN SITU

隱山之人

短篇小說集

葉曉文 繪著

責任編輯 趙寅
書籍設計 姚國豪

出版 P. PLUS LIMITED
香港北角英皇道四九九號北角工業大廈二十樓
20/F., North Point Industrial Building,
499 King's Road, North Point, Hong Kong

香港發行 香港聯合書刊物流有限公司
香港新界大埔汀麗路三十六號三字樓

印刷 美雅印刷製本有限公司
香港九龍觀塘榮業街六號四樓A室

版次 二〇一九年五月香港第一版第一次印刷

規格 大三十二開（140mm × 205mm）二六八面

國際書號 ISBN 978-962-04-4483-8

Published & Printed in Hong Kong

本書用紙
封面：Gmund color #16 300gsm
p.173-204：Silvapress 100% recycled 100gsm
Acumen Paper (HK) Ltd

A Short Story Collection

tylids / Syzygium aqueum / Commelina diffusa / Commelina communis / Phaius tankervilliae / Spiranthes sinensis / Rhaphidophora hongkongensis / Spilornis cheela / Coelogyne

anhaipotamon hongkongense / Varanus salvator / Plestiodon elegans / Drosera spathulata / Baeckea frutescens / Attacus atlas / Francolinus pintadeanus / Streptopelia chinensis / Saur

nensis / Hylocereus undatus / Dimocarpus longan / Heron / Motacilla alba / Schima superba / Sedge / Aphid / Thismia tentaculata / Exbucklandia tonkinensis / Lilium brownii / Glo